MW01609705

P9-02-13   Eunice Candace

DÉCOUVREZ VOTRE AVENIR PAR LES ASTRES ET LES DÉS

SYLVIE ESTEVEZ

DÉCOUVREZ VOTRE AVENIR PAR LES ASTRES ET LES DÉS

ALBIN MICHEL

Édition originale :
© Solar, 1971

Nouvelle édition revue et corrigée :
© Éditions Albin Michel S.A., 1993
22, rue Huyghens, 75014 Paris

ISBN : 2-226-06650-0

SOMMAIRE

En guise de préambule 9

Qu'est-ce que l'Astredé ? 15

1. Les 3 dés 17
2. Votre signe en fonction de votre date de naissance 18
3. Les 2 Dés Zodiacaux = D.Z. 18
4. Le Dé Présage = D.P. 19
5. Les 12 signes du Zodiaque et leurs équivalences 19
6. Les symboles des 2 Dés Zodiacaux 20
7. Principe d'utilisation simplifiée de l'Astredé ... 20

I - Amour et sentiment 29

1. A quel signe pouvez-vous vous unir ? 31
2. Votre sentiment est-il partagé ? 33
3. Une personne née sous tel signe peut-elle vous convenir ? 35
4. Quels seront vos rapports futurs ? Quelle entente ? 36
5. La fidélité et l'infidélité 40
6. Séparation et retour 42

II - Santé et problèmes physiques 45

1. Le Zodiaque et le corps humain : correspondances 47
2. Origine d'un malaise ou d'une fatigue 47
3. Parties du corps et organes 49
4. Époque favorable à un traitement ou une intervention 51

5

5. Problèmes de l'entente physique : rapports physiques 52

III - Argent et finances 57

1. Solutions de vos problèmes financiers 59
2. Qui peut vous aider ? 60
3. Telle affaire en cours va-t-elle vous rapporter ? . 62
4. Combien ? 64

IV - Travail et vie professionnelle 67

1. Zodiaque, planètes et activités 69
2. Réussite ou échec de l'affaire en cours ? 70
3. Chances de succès en fonction de votre activité (artistique, libérale, commerciale, manuelle) ... 72
4. Détermination de l'associé idéal 78
5. Concordance entre votre activité et une personne 79

V - Les projets 81

1. Votre projet va-t-il se réaliser ? 83
2. Problèmes des influences extérieures 84
3. Nature des difficultés ou problèmes éventuels .. 85
4. Quel type de projet pouvez-vous faire ? 90

VI - Voyages et déplacements 93

1. Avec qui partir ? 95
2. Telle personne pour tel voyage est-elle bien choisie ? 96
3. Votre destination est-elle favorable ? 99
4. En fonction de la date du voyage, quel est le mode de locomotion le plus sûr ? 103
5. Époque favorable en fonction du mode de locomotion 104

VII - Chance et calendrier 107

Sont regroupées ici toutes les questions QUAND se rapportant aux chapitres précédents.
1. L'époque envisagée est-elle favorable ou défavorable ? 109
2. Jour favorable ou défavorable dans le mois ... 110

3. Jour de la semaine, favorable ou défavorable .. 112
4. Quand tel événement va-t-il se produire? 114

**VIII - Faites vous-même votre horoscope en fonction des
       4 pôles : amour - santé - travail - argent 117**

IX - Autres interrogations possibles 127

   1. Quel parfum devez-vous mettre? 129
   2. Quel bijou devez-vous porter? 131
   3. Quelles couleurs mettre sur vous? 133
   4. Prévisions météorologiques 135

X - L'Astredé et les cartes des signes 139

   1. Principe et utilisation des cartes 141
   2. Carte de Numérologie 141
   3. Carte de Colorimétrie 141
   4. Carte du Tendre 142
   5. Carte des Menus 142

EN GUISE DE PRÉAMBULE...

De tout temps, les hommes ont interrogé le Ciel, fait parler les Astres, interprété les Signes. Aujourd'hui encore, les plus scientifiques ne sont pas les moins superstitieux et les plus matérialistes préfèrent que la Diseuse d'Aventure prédise la bonne plutôt que la mauvaise !

Aux côtés de l'Astrologie — qui est une science à part entière — gravite une multitude de pseudo-sciences parallèles dont beaucoup relèvent de la fantaisie la plus pure ou de la sorcellerie la plus moyenâgeuse.

Qu'est-ce qui est vrai, qu'est-ce qui est faux ?... Cela n'est pas notre affaire. Les voyantes extra-lucides et les chiromanciennes supraterrestres ont-elles réellement un Don du Ciel ?... Peut-être ! Ce qui est certain en revanche, c'est que l'homme a besoin de rêves et qu'il vit dans un monde d'angoisses : aussi souhaite-t-il alimenter ses premiers et juguler les secondes en prenant, si nécessaire, des arrangements avec sa raison : l'aboutissement suprême étant le mélange du tout que les plus idéalistes baptisent Espoir !

Le présent ouvrage n'est donc ni un traité d'astrologie de plus ni un livre de pure fantaisie nanti d'un talisman secret.

Conçu — pour la première fois — il y a une vingtaine d'années, retravaillé et réactualisé à présent, il concerne les passionnés des Sciences Occultes et ceux qui n'y croient pas, ceux qui croisent les doigts lorsqu'ils passent sous une échelle et ceux qui en font le tour, ceux pour qui toute araignée est un symbole et tout marc de café un puits de sciences, ceux que les horoscopes fascinent et ceux qui ne les lisent que d'un œil — mais en prenant ombrage des prédictions pessimistes —, bref, ceux qui par jeu, par défi, par peur ou par prudence souhaiteraient connaître à l'avance de quoi demain sera fait.

Aujourd'hui et bien que nous soyons à quelques années seulement de l'an 2000, rien de ce qui existe (en dehors de l'astrologie) n'est réellement satisfaisant. L'horoscope des magazines, débité en tranches et moulu fin, aseptisé mais bon enfant, est identique pour des millions d'individus, nés sous le même signe à des dizaines d'années d'intervalle et pour lesquels il est fort peu probable qu'une seule et même prédiction puisse contenir les germes de tous les particularismes personnels (en dépit de sa tournure ou de l'habileté de son libellé) !

D'un autre côté, les voyantes et tireuses de cartes, parfois fort sagaces et pertinemment compétentes, offrent l'inconvénient de mêler à la réponse des Astres ou des Ersatz variés leur propre destinée qui risque d'interférer avec la claire analyse des prédictions concernant la personne demanderesse.

Entre ces extrêmes délicats et face à un problème aussi important... il convenait de trouver un moyen — à la fois simple et efficace — pour interroger le Sort à tout moment et pour tout propos qui paraîtraient nécessaires...

C'est ainsi que naquit l'ASTREDÉ, ensemble de trois dés, qui présente un « support » aussi valable que les cartes, les tarots ou le marc de café. En effet, tout n'est ici qu'affaire de convention. Si sortir « l'as de pique » à côté du « roi de carreau » peut signifier de mauvaises nouvelles en perspective ou si — selon les techniques de la géomancie — une forme qui représente une maison indique la bonne santé et la prospérité, il est tout aussi clair et tout aussi crédible que le même type d'analyse et de prévision peut se faire à partir de la combinaison des symboles de trois dés entre eux.

D'ailleurs, dans l'Antiquité, la divination par les Thries (petits dés inventés par les Grecs) ou, plus tard, par les Runes (petits cailloux illustrés, utilisés par les Vikings) était couramment pratiquée. Les uns et les autres ne sont ni plus ni moins que les ancêtres de ces dés divinatoires.

DIVINATIONS
ET
PRÉVISIONS PAR L'ASTREDÉ

*ou l'Art de composer avec le Sort
dans toutes les circonstances de votre vie.*

QU'EST-CE QUE L'ASTREDÉ ?

1. **Les 3 dés.**

2. **Votre signe en fonction de votre date de naissance.**

3. **Les 2 Dés Zodiacaux = D. Z.**

4. **Le Dé Présage = D. P.**

5. **Les 12 signes du Zodiaque et leurs équivalences.**

6. **Les symboles des 2 Dés Zodiacaux.**

7. **Principe d'utilisation simplifiée de l'Astredé.**

1. Présentation

L'Astredé vous permet de FAIRE VOUS-MÊME VOTRE HOROSCOPE et de connaître, à tous moments, les réponses aux questions que vous vous posez quels qu'en soient la nature, le bénéficiaire ou la complexité.

Sans influence extérieure aucune et avec un maximum de précisions et de simplicité, il provoque DANS VOTRE MAIN, la conjonction signifiante entre votre signe du Zodiaque et le contexte Astral dont vous relevez A LA MINUTE MÊME où vous formulez votre interrogation.

A la fois plus simple et plus complet que la plupart des moyens mis à la disposition du grand public, l'Astredé peut être utilisé même si vous n'avez pas de connaissances d'Astrologie ou de Sciences Occultes.

Conçu et mis au point par des spécialistes après des années de recherches, l'Astredé va vous guider sur ce que vous devez faire, vous conseiller quant aux décisions importantes à prendre et vous révéler ce que sera votre chance (ou celle de vos proches) dans les jours, les semaines ou les mois à venir.

2. Les trois dés

L'Astredé se compose de 3 dés à six faces, fabriqués dans une matière à fort coefficient de conductibilité thermomagnétique qui assure la meilleure propagation possible de VOTRE FLUIDE PERSONNEL. Cela est fondamental car il est prouvé que tout individu dispose d'un certain potentiel de courants induits — ceux-là mêmes qui donnent au pendule son oscillation ou qui, combinés à plusieurs, permettent de faire tourner les tables.

Deux dés, appelés DÉS ZODIACAUX, comportent les douze signes du Zodiaque avec leurs dates correspondantes (et qui vous permettront, en fonction de votre date de naissance, de connaître votre signe).

Du premier des signes du Zodiaque au douzième il s'agit de :

Si vous êtes né entre :

21 mars-19 avril	1. BÉLIER
20 avril-20 mai	2. TAUREAU
21 mai-20 juin	3. GÉMEAUX
21 juin-21 juillet	4. CANCER
22 juillet-22 août	5. LION
23 août-22 septembre	6. VIERGE
23 septembre-22 octobre	7. BALANCE
23 octobre-21 novembre	8. SCORPION
22 novembre-22 décembre	9. SAGITTAIRE
23 décembre-19 janvier	10. CAPRICORNE
20 janvier-18 février	11. VERSEAU
19 février-20 mars	12. POISSONS

3. Ces 12 signes sont regroupés, sur des DÉS ZODIACAUX en signes pairs et signes impairs

Se trouvent, sur LE DÉ ZODIACAL DES SIGNES PAIRS, les 6 signes suivants :

Taureau	Scorpion
Cancer	Capricorne
Vierge	Poissons

Se trouvent, sur LE DÉ ZODIACAL DES SIGNES IMPAIRS, les 6 signes suivants :

Bélier	Balance
Gémeaux	Sagittaire
Lion	Verseau

4. Le troisième dé est le Dé PRÉSAGE

C'est lui qui, combiné aux Dés Zodiacaux et influencé par votre fluide, vous donnera les réponses aux différentes questions posées.

Il comporte 6 réponses ou SIGNES CLÉS, à raison de :
— Trois signes positifs (+) qui sont :
  — Oui.
  — Osez.
  — Confiance.

— Deux signes négatifs (—) qui sont :
  — Non.
  — Méfiance.

— Un signe neutre dont le rôle est parfois déterminant :
  — Consultez à nouveau.

L'ensemble de ces 3 dés (2 Dés Zodiacaux et 1 Dé Présage) ont leurs signes respectifs gravés en trois couleurs différentes :
  — Bleu.
  — Rouge.
  — Vert.

La concordance, ou au contraire, l'opposition de ces trois couleurs est significative, et entre en ligne de compte dans *l'interprétation des réponses obtenues.*

5. Les signes et leurs équivalences

Astra inclinant, non necessitani... les astres inclinent, ils ne nécessitent pas... tel est le vieil adage latin que le

célèbre philosophe Jung a décliné et explicité dans sa défi-
nition de l'astrologie :

*Nous sommes nés à un moment donné, en un lieu
donné, et nous avons, comme les crus célèbres, les qualités
de l'an et de la saison qui nous ont vus naître. L'Astrologie
ne prétend pas davantage.*

Sans entrer dans les détails de certains éléments d'astrologie courante, il est toutefois important de rappeler les
équivalences conventionnelles qui existent entre les 12 signes
du Zodiaque, la position des Planètes par rapport à ces
signes et l'insertion de l'ensemble dans le grand concert
de la Création régenté par le Soleil au travers des 12 mois
de l'année.

Ce n'est pas un hasard, en effet, si le premier signe du
Zodiaque (le Bélier) est précisément celui qui correspond
au démarrage de la Nature (le 21 mars, date du Printemps),
et si la procession des 12 signes suit la lente marche du
temps, de la germination à la mort, puis jusqu'au cycle
nouveau où tout recommence et revit (voir tableau des
équivalences page suivante).

6. Résumé des symboles
des 2 Dés Zodiacaux

Nous reprenons ici, sous forme d'un tableau simple,
la présentation des symboles (Signes du Zodiaque et
couleur) et leur ventilation sur les 2 dés (en fonction des
signes Pairs et Impairs).

7. Principe d'utilisation simplifiée

L'Astredé permet de répondre à toutes les questions que
vous vous posez par la combinaison simple ou cumulative :

1. des réponses clés du Dé Présage;

ZODIAQUE	Dé Signes Impairs	Dé Signes Pairs	Signe de
1. Bélier	Rouge		Feu
2. Taureau		Vert	Terre
3. Gémeaux	Bleu		Air
4. Cancer		Rouge	Eau
5. Lion	Rouge		Feu
6. Vierge		Bleu	Terre
7. Balance	Vert		Air
8. Scorpion		Bleu	Eau
9. Sagittaire	Vert		Feu
10. Capricorne		Vert	Terre
11. Verseau	Bleu		Air
12. Poissons		Rouge	Eau

2. des signes du Zodiaque des Dés Zodiacaux;
3. des dates indiquées par ces mêmes Dés Zodiacaux;
4. des couleurs apparaissant sur les 3 dés;
5. du nombre de LANCERS nécessaire pour faire apparaître telle ou telle réponse; etc.

Pour que votre fluide personnel agisse convenablement et efficacement sur la matière des dés, il est indispensable de tenir et de jeter ceux-ci de la MAIN GAUCHE.

Une impossibilité de « faire sortir » votre signe, par exemple, dans le cas d'une question donnée, signifie que vous n'êtes pas en mesure, à ce moment précis, de recevoir une réponse claire et nette et que votre conjonction astrale momentanée rend vaine toute tentative de « questions »! Dans ce cas, mieux vaut attendre (12 heures minimum) et recommencer plus tard votre Astredé.

Vous pouvez poser toutes les questions souhaitées concernant une tierce personne. Il vous suffit pour pouvoir effectuer l'Astredé correspondant, de connaître sa date de naissance et par conséquent son signe zodiacal.

Indépendamment (ou complémentairement) des interrogations que vous pourrez faire en suivant les indications détaillées ci-après, il est possible, pour CERTAINS TYPES DE QUESTIONS, d'utiliser les CARTES SPÉCIALES qui se trouvent à la fin de cet ouvrage.

Dans ce cas, et une fois les quatre parties de chaque carte préalablement assemblées (voir instructions figurant en regard de chacune d'entre elle), il vous faudra poser la carte correspondant à votre problème sur une surface parfaitement plane et bien dégagée.

Les dés devront être jetés sur la carte elle-même et autant de fois qu'il sera nécessaire pour que les trois y reposent complètement.

La réponse à la question posée sera donnée par la carte en fonction de l'emplacement où les dés (ou l'un d'entre eux seulement suivant les cas) se seront arrêtés.

Les cartes mises à votre disposition sont :

1. Une carte de numérologie

vous permettant de connaître avec un maximum de certitude votre tiercé, les numéros gagnants à tel ou tel jeu de hasard, etc.

2. Une carte de colorimétrie

vous permettant de choisir les couleurs à porter sur vous (ou à offrir, ou à faire porter à autrui, etc.).

ZODIAQUE	Signe	Planète	Vie naturelle	Équivalences conventionnelles
1. BÉLIER	Feu	Mars Soleil	Bourgeonnement Éclatement	Commencement, élan, impulsion, essor, violence, passion, énergie.
2. TAUREAU	Terre	Vénus Lune	Floraison Verdure	Enracinement, concret, matière, fécondité, sensualité, acquisivité.
3. GÉMEAUX	Air	Mercure	Ramifications et feuillage	Contacts, échanges, communication, mobilité, subtilité, esprit.
4. CANCER	Eau	Lune Jupiter	Formation de la graine	Sensibilité, émotivité, imagination, gestation, tendances maternelles.
5. LION	Feu	Soleil	Maturité	Individualisation, volonté, affirmation, force, autorité, plénitude.
6. VIERGE	Terre	Mercure	Récolte Engrangement	Raison, intérêt, économie, prévoyance, analyse, égotisme, critique.
7. BALANCE	Air	Vénus Saturne	Début de la chute du feuillage	Équilibre, mesure, harmonie, affinement, sociabilité, douceur.
8. SCORPION	Eau	Mars Pluton Uranus	Fermentation Décomposition Mort	Agressivité, indiscipline, révolte, passion, sexualité, angoisse.
9. SAGITTAIRE	Feu	Jupiter	Apaisement, préparation à la vie intérieure	Modération, bienveillance, spiritualité, aspiration lointaine.
10. CAPRICORNE	Terre	Saturne Mars	Enfouissement de la graine	Concentration, profondeur, gravité, dépouillement, objectivité.
11. VERSEAU	Air	Uranus Saturne	Assimilation intérieure de la graine	Vie intérieure, émotivité, idéalisme, sublimation, don de soi.
12. POISSONS	Eau	Neptune Jupiter Vénus	La végétation nouvelle cherche à sourdre	Impressionnabilité, indécision, incertitude, vague, évasion, sacrifice.

3. Une carte du Tendre

inspirée du fameux document du xviie siècle, et qui vous permettra de suivre, dans un avenir proche, le cheminement et le déroulement de votre amour, de votre affection ou de votre amitié.

4. Une carte des menus

vous permettant d'établir le menu de chaque jour en fonction des influences astrales qui vous gouvernent au moment de l'interrogation.

EXEMPLE D'UTILISATION SIMPLIFIÉE

Pour vous permettre de bien saisir le mécanisme de base de l'utilisation de l'Astredé, nous allons prendre un exemple :

- Vous êtes né le 10 octobre... Vous êtes donc du signe de la Balance.

- Vous avez en cours une affaire dont l'issue vous sera révélée aujourd'hui même.

- Vous souhaitez connaître à l'avance si celle-ci sera bonne ou mauvaise.

1. Vous prenez dans votre main gauche le **Dé Zodiacal** sur lequel figure votre signe (Balance) et le **Dé Présage**.

2. Vous serrez fortement la main sur les dés, vous vous concentrez au maximum et vous jetez les deux dés ensemble.

3. Vous les jetez — en recommençant à chaque fois l'opération du paragraphe 2 — jusqu'à ce que votre signe « sorte »; c'est-à-dire qu'il apparaisse sur la face supérieure du **Dé Zodiacal**.

4. La réponse à votre question vous est donnée par la réponse clé qui figure sur la face supérieure du **Dé Présage**.

5. Cette réponse sera nuancée en fonction du nombre de lancers qu'il vous aura fallu effectuer pour faire sortir votre signe. Obtenu rapidement, il renforce les réponses positives : l'issue favorable interviendra rapidement... Dans le cas contraire, et s'il vous a fallu un grand nombre de lancers (plus de 7), cela signifie, en cas de réponse favorable, que le règlement définitif est en bonne voie mais pas encore pour tout de suite, et en cas de réponse défavorable, que le temps va jouer contre vous.

6. Si le Dé Présage est sorti avec la réponse clé : consultez à nouveau;

il vous faut relancer le Dé Présage seul jusqu'à ce qu'une réponse positive ou négative apparaisse.

Là encore ce nouveau facteur « temps » devra être pris en considération : quelle que soit la réponse finale obtenue il vous faudra vous attendre à des rebondissements de dernière heure empêchant votre affaire de se régler sur le champ.

Si vous le désirez, vous pouvez interroger votre Astredé plus avant en recherchant la date à laquelle tout sera définitivement dénoué, s'il y aura ou non des influences extérieures et dans l'affirmative, si elles seront pour ou contre vous, etc. (L'ensemble des questions se rapportant à des problèmes concernant le domaine des Affaires est traité au chapitre « Affaires »).

Les prédictions et les réponses de l'Astredé

AMOUR   Tout ce qui concerne l'amour et les sentiments.

SANTÉ   Tout ce qui concerne la santé.

ARGENT   Tout ce qui concerne l'argent et les problèmes financiers.

TRAVAIL   Tout ce qui concerne le travail, les affaires et la vie professionnelle.

PROJETS   Tout ce qui concerne les projets.

VOYAGES   Tout ce qui concerne les déplacements et les voyages.

CALENDRIER   Ce chapitre résume tout ce qui concerne une date ou une époque donnée.

ENTENTE   Ce chapitre résume tout ce qui concerne une union ou une association avec une personne donnée.

VOTRE HOROSCOPE QUOTIDIEN...

fait et analysé par vous-même en fonction de votre CHANCE du jour, dans les quatre domaines de l'Amour, de la Santé, du Travail et de l'Argent.

I. AMOUR ET SENTIMENT

1. A quel signe pouvez-vous vous unir?

2. Votre sentiment est-il partagé?

3. Une personne née sous tel signe peut-elle vous convenir?

4. Quels seront vos rapports futurs?

5. Est-il ou est-elle fidèle?

5 b. Dans la négative, qui est « l'autre »?

6. Reviendra-t-il, reviendra-t-elle?

7. Quand?

1. A quel signe pouvez-vous vous unir?

Prenez dans la main gauche les 2 Dés Zodiacaux et le Dé Présage.

Serrez fortement votre main gauche en la refermant sur les 3 dés. Concentrez-vous au maximum (une minute environ).

Jetez les 3 dés d'un coup sec.

Recommencez l'opération jusqu'à ce que le Dé Présage indique OUI.

Regardez alors les signes indiqués sur les 2 Dés Zodiacaux.

Votre choix devra se faire parmi une personne née sous l'un ou l'autre de ces signes.

— Si le Dé Présage a répondu OUI en un lancer, votre union avec ces personnes se présente sous les meilleurs auspices.

— Si le Dé Présage a répondu OUI en 2, 3 ou 4 lancers, votre union pourra être bénéfique, mais il est important de vous rappeler que cette entente ne deviendra parfaite qu'au bout de quelque temps.

— Si le Dé Présage a répondu OUI après 5 à 7 lancers inclus, la restriction indiquée précédemment se trouve encore renforcée.

— Si vous avez obtenu votre réponse après un nombre de lancers supérieur à 7, cela signifie que personne ne vous est « réellement destiné » pour le moment et que les deux personnes indiquées par les Dés Zodiacaux représentent une réponse aléatoire qui ne peut vous donner toute garantie. Il vous faudra reposer votre question après avoir laissé s'écouler au moins un délai de 24 heures, période au terme de laquelle il se peut fort bien que des personnes répondant à vos vœux pénètrent alors dans votre sphère astrale.

La réponse OUI obtenue après la réponse clé CONSUL-TEZ A NOUVEAU amoindrit la force de la réponse positive et équivaut à 2 lancers théoriques. *Exemple ;*

— Si'vous avez obtenu :

- OSEZ à votre premier lancer,
- CONSULTEZ A NOUVEAU à votre second, et
- OUI à votre troisième,

c'est comme si ce OUI était sorti au bout du quatrième lancer.

Sur les bases de votre première interrogation — laquelle vous a donc révélé les signes des deux personnes susceptibles d'aboutir avec vous à l'union de votre cœur — vous pouvez affiner la réponse de l'Astredé en CHOISIS-SANT PARMI CES DEUX PERSONNES celle qui vous conviendra véritablement le mieux. Il est en effet vraisemblable que l'une et l'autre ont des mérites distincts mais qu'une seule comblera pleinement vos désirs.

Pour opérer ce choix, agissez comme suit :

— Prenez dans la main gauche le Dé Zodiacal comportant le signe d'une des deux personnes indiquées lors de la première consultation, et le Dé Présage.

— Lancez les 2 dés ensemble 13 fois de suite et notez le nombre de fois où le signe qui fait l'objet de votre question apparaît. Notez également si la réponse clé du Dé Présage indiquée au même moment est POSITIVE :

- OUI
- OSEZ
- CONFIANCE

ou NÉGATIVE :

- NON
- MÉFIANCE

Si elle est NEUTRE : CONSULTEZ A NOUVEAU,

ne relancez pas le Dé Présage mais continuez votre
série de 13 lancers.

— Procédez ensuite de la même manière avec le second
signe indiqué à la première interrogation (13 lancers
successifs avec le Dé Présage).

Le signe que vous devrez retenir — et par voie de consé-
quence la personne qui est VRAIMENT celle qu'il vous
faut parmi les deux propositions de la première consultation — est celui qui sera « sorti » le plus grand nombre
de fois au cours des 13 lancers ACCOMPAGNÉ d'un
Présage Positif.

La quotation de ce présage prime sur le nombre d'apparitions du signe seul. En d'autres termes et si, *par exemple*,
le premier signe est apparu 3 fois au cours des 13 lancers,
mais avec seulement une quotation positive pour deux
négatives (ou neutres), alors que le deuxième signe n'est
apparu que 2 fois mais à chaque fois avec une quotation
positive, c'est ce second signe et non le premier qu'il vous
faudra retenir.

En cas de réponses non suffisamment « tranchées »,
ou de résultats identiques (ce qui est fort rare mais peut
arriver), vous devrez alors conclure que les deux personnes
indiquées par l'Astredé dans sa première consultation
sont bien de nature à répondre L'UNE ET L'AUTRE à
vos désirs. Vous pourrez éventuellement et si vous le
souhaitez, tenter de les départager en faisant intervenir
d'autres facteurs de décisions (et notamment psychologiques) avec la méthode d'interrogation décrite plus loin,
au chapitre I.3.

2. Votre sentiment est-il, ou sera-t-il partagé ?

Il est indispensable, pour répondre à cette question,
que vous ayez connaissance de la date de naissance de
la personne en question et qu'ainsi vous puissiez connaître
son signe astrologique.

Prenez dans votre main gauche le Dé Zodiacal comportant le signe astrologique de cette personne et le Dé Présage.

Concentrez-vous comme indiqué précédemment, et jetez les 2 dés d'un coup sec, autant de fois qu'il sera nécessaire pour qu'apparaisse sur le Dé Zodiacal le signe de la personne.

La réponse est immédiate et à LECTURE DIRECTE :

OUI : Le sentiment que vous portez à la personne qui a fait l'objet de votre interrogation est partagé avec la même intensité.

CONFIANCE : Votre sentiment est partagé, certes, mais tout n'est pas gagné. Persévérez de toute manière car il apparaît nettement que les chances sont de votre côté.

OSEZ : La parfaite harmonie de votre entente dépend de l'un de vous. Il est vraisemblable que vous êtes concerné préférentiellement, mais vous pouvez vous en assurer.

Détermination de celui des deux qui devra faire un effort

Prenez le ou les 2 Dés Zodiacaux dans la main gauche (selon que vos deux signes sont sur le même dé ou, au contraire chacun sur un dé).

Lancez ce ou ces 2 Dés Zodiacaux en même temps que le Dé Présage.

Le premier des deux signes (le vôtre ou celui de la personne qui fait l'objet de votre interrogation) qui apparaît alors que le Dé Présage indique OUI, désigne celle des deux personnes dont dépendra l'harmonie complète de votre union.

CONSULTEZ A NOUVEAU : Dans ce cas il vous faut relancer immédiatement le Dé Présage seul mais sachez que, quelle qu'en soit la réponse, celle-ci s'en trouvera « amoindrie ».

MÉFIANCE : Le sentiment que vous portez à la personne n'est pas également partagé. Des difficultés sont à craindre.

NON : La réponse, hélas, est cette fois nettement défavorable.

Il se peut cependant que votre Astredé ait été influencé par une crise passagère et que tout ne soit pas irrémédiablement compromis. Pour le savoir, il vous faut de toute façon attendre jusqu'au 21, 22 ou 23 du mois suivant (ou 18, 19, 20, si cette interrogation se déroule en janvier ou en février), afin que le Soleil entre dans un autre signe du Zodiaque.

3. Une personne née sous tel signe peut-elle vous convenir?

Connaissant le signe astrologique de la personne qui vous intéresse, prenez dans votre main gauche le Dé Zodiacal portant son signe (et seulement ce dé).

Vous disposez de 13 lancers successifs pour faire apparaître ce signe une ou plusieurs fois.

Plus que jamais votre fluide va jouer un rôle primordial car c'est lui qui va déterminer le nombre « d'apparitions » du signe astrologique de la personne qui fait l'objet de votre demande.

— 0 apparition au cours des 13 lancers : les points de « contacts » avec la personne sont extrêmement précaires et il semble bien que vous n'ayez avec elle rien de commun.

— 1 apparition : il vous faudra faire de gros efforts mutuels pour arriver à un accord, et encore ne sera-t-il jamais complet.

— 2 apparitions : les débuts de vos rapports seront difficiles, parfois heurtés, mais le temps devrait aplanir l'essentiel des difficultés.

— 3 apparitions : la personne née sous ce signe vous convient et possède les traits de caractère que vous recherchez.

— 4 apparitions : vous avez trouvé, sinon le conjoint ou le partenaire idéal, du moins une personne avec laquelle vous êtes assuré d'être parfaitement heureux.

— 5 et davantage : surtout ne la laissez pas « partir »! Il n'est pas certain, en effet, que vous retrouviez une telle opportunité.

Cette interrogation de base pourra être utilement complétée par les réponses que vous pourrez obtenir en procédant à la consultation présentée au chapitre I.4.

4. Quels seront vos rapports futurs ? Comment vous entendrez-vous ?

Connaissant votre signe astrologique et celui de la personne au sujet de laquelle vous vous interrogez, prenez dans la main gauche le Dé Présage et LE ou LES 2 Dés Zodiacaux, selon que votre signe et celui de la personne se trouvent sur le même dé (si vous êtes l'un et l'autre d'un signe pair ou impair) ou qu'ils figurent sur un dé différent (l'un étant un signe pair, l'autre un signe impair).

Jetez les 2 dés ou les 3 dés, jusqu'à ce que l'un des deux signes zodiacaux apparaisse.

Notez alors soigneusement quel est, du vôtre ou de celui de la personne en question, le signe zodiacal sorti LE PREMIER. Regardez en même temps la réponse clé apparue sur le Dé Présage : elle est POSITIVE (oui, osez, confiance), ou NÉGATIVE (non, méfiance). Si elle est neutre, consultez à nouveau, relancez le Dé Présage seul jusqu'à ce qu'une réponse claire (positive ou négative) apparaisse.

Jetez ensuite et à nouveau, le Dé Présage et le Dé Zodiacal qui porte le second signe de votre interrogation (celui qui n'est pas sorti la première fois et qui se trouve être, soit le vôtre, soit celui de la personne considérée).

Notez également si la réponse du Dé Présage est positive ou négative.

Notez enfin au bout de combien de lancers VOTRE signe, et le signe de l'AUTRE PERSONNE, sont apparus.

Il y a 8 CAS POSSIBLES, selon que votre signe est sorti en premier ou en second, et que l'un et l'autre étaient corrélés à des présages positifs ou négatifs. Chacune de ces 8 possibilités, conduit à une réponse précise que vous trouverez dans le tableau suivant.

Si vous avez obtenu — dans le cas où chacun des signes astrologiques des personnes concernées figurent sur un dé différent — que les deux signes sortent en même temps, vous devez relancer les dés pour n'obtenir qu'un des deux signes.

GRILLE DES RÉPONSES TYPES

Sorti en premier	Avec réponse	Sorti en deuxième	Avec réponse	Signi- fication
Votre signe	+	Son signe	+	1
Votre signe	—	Son signe	—	2
Son signe	+	Votre signe	+	3
Son signe	—	Votre signe	—	4
Votre signe	+	Son signe	—	5
Votre signe	—	Son signe	+	6
Son signe	+	Votre signe	—	7
Son signe	—	Votre signe	+	8

SIGNIFICATION

1. Vos rapports avec cette personne seront dominés par votre personnalité mais ils se trouveront placés sous

les meilleurs augures car vous aurez, l'un et l'autre, les mêmes aspirations et le même dynamisme devant les aventures et les impondérables de la vie. Ce conjoint (partenaire ou associé) saura être votre *alter ego* chaque fois que nécessaire et vous êtes assuré de trouver auprès de lui tous les traits de caractère qui sont les plus directement complémentaires des vôtres.

2. L'union, quelle qu'en soit sa nature, avec la personne considérée, va se heurter à de graves difficultés dont vous serez personnellement, et dans un premier temps, responsable. Après une période de calme relatif et finalement trompeur, vos véritables caractères, à l'un et à l'autre, vont reprendre le dessus et rendre très difficile, voire impossible, des rapports constructifs et durables entre vous.

3. Même si vous ne vous en êtes pas encore rendu compte, vous êtes, ou allez être dominé par cette personne. Vous n'en souffrirez pas, au contraire, car vos tempéraments s'accordent sur l'essentiel. Il sera cependant important que vous acceptiez une certaine soumission puisque c'est à ce prix que vos rapports deviendront bénéfiques.

4. Tout ne sera pas rose dans votre union — association ou relation — avec cette personne. Il apparaît en effet que des divergences profondes de caractère existent entre vous et que vous serez appelé, à plus ou moins brève échéance, à en faire l'expérience. Les torts ne seront pas de votre côté, mais il est vraisemblable que vous ne voudrez pas de compromis ni d'expédient.

5. Vous allez « mener la barque » et porter la responsabilité de la réussite ou de l'échec de ce que vous allez entreprendre ensemble. Il y a toutefois beaucoup de chances tangibles pour que votre entente soit bonne, même si, au début, vous devez lutter contre un certain découragement et un certain laisser-aller de la part de votre partenaire.

6. Vous allez faire partie de ces couples ou de ces tandems dont l'un pousse à hue et l'autre à dia. Selon toute vraisemblance vous serez le plus indiscipliné des deux,

et le plus asocial. Si votre partenaire sait garder son calme et patienter, vous devrez trouver ensuite un bonheur solide et profitable. N'oubliez jamais, cependant, que c'est à lui que vous le devrez.

7. Vos rapports seront dominés par une sorte de lutte d'influence dans laquelle vous n'aurez pas le dernier mot. C'est finalement ce qu'il peut vous arriver de mieux car vous aurez besoin de toute la compréhension de « l'autre » pour parvenir à trouver un certain équilibre.

8. Vous serez le plus « sage » des deux, sans pour autant faire votre bonheur immédiat. En fait, votre union sera mouvementée en raison d'une divergence de point de vue et d'un optimisme qui chez vous fait figure de profession de foi, alors que chez cette personne il s'agit plutôt d'une attitude factice. Attention aux coups de tête de part et d'autre.

Incidences du nombre de lancers

Quelle que soit la réponse directe obtenue (le signe zodiacal sorti en premier et le positionnement du Dé Présage), il est essentiel de tenir compte du nombre de lancers que vous aurez dû effectuer avant de faire sortir l'un et l'autre signe.

- Si ce nombre de lancers a été identique pour les deux et inférieur à 5, la réponse se trouve amplifiée à l'extrême. Ce sera donc le plein accord entre vous deux (cas 1, 3 et 5) ou au contraire une rupture à brève échéance (cas 2, 4, et 8).

- Si le nombre de lancers a été identique mais supérieur à 5, vous allez connaître une période d'au moins six mois d'incertitudes et de recherches avant de parvenir à un accord qui sera peut-être celui que vous recherchiez du fond du cœur (cas 6 et 7 essentiellement).

- Si votre signe est sorti en premier avec moins de 7 lancers, cela confirme et renforce tout ce qui, dans votre union, repose sur vous.

- Si votre signe est sorti en premier, mais avec plus de 7 lancers, cela indique au contraire, dans le cadre de la réponse générale précédente (cas 1 et 8) que vous aurez à « subir » votre partenaire et à accepter des compromissions si vous tenez à la réussite finale de votre union.

- Si le signe de l'autre personne apparaît en premier en moins de 5 lancers, c'est l'indication que votre association pèse davantage sur ses épaules que sur les vôtres et qu'il vous faut donc en tenir compte, surtout si vous êtes dans les cas, 1, 3 5 et 7. Malgré des apparences qui peuvent tromper il vous faudra faire montre de psychologie afin de « diriger » vos pas sans que cela heurte votre partenaire et ne crée d'incidents.

- Si le signe de l'autre personne apparaît en premier avec plus de 7 lancers, cela suppose une plus grande mobilité de sa part quant aux attitudes devant la vie et ses problèmes. A vous de savoir ne pas le décevoir.

5. Est-il ou est-elle fidèle ?

L'importance de cette question — et surtout ses conséquences — est telle, qu'il est fondamental, avant de consulter l'Astredé, de vous concentrer avec un maximum de puissance.

Si au premier ou deuxième lancer vous obtenez le signe neutre CONSULTER A NOUVEAU, vous ne devez pas poursuivre l'interrogation sous peine d'enregistrer une réponse fallacieuse, dans un sens ou dans un autre. Dans ce cas, il vous faut attendre au moins 24 heures révolues avant de procéder à une nouvelle consultation.

Connaissant le signe astrologique de la personne, vous prenez dans la main gauche le Dé Zodiacal portant son signe, ainsi que le Dé Présage.

Vous lancez les deux dés de la main gauche, jusqu'à ce que le signe de la personne apparaisse.

- Si ce signe apparaît au premier lancer, la réponse est catégorique, quelle qu'en soit la nature.

- Si ce signe apparaît en 2 à 5 lancers, cela renforce les réponses positives et amoindrit les réponses négatives.

- Si ce signe apparaît en 6 à 11 lancers, cela renforce les réponses négatives.

- Si ce signe apparaît après 12 lancers, il vaut mieux consulter votre Astredé plus tard : vous traversez une aire de présages contradictoires qui peuvent signifier le meilleur comme le pire et qui donc, sur une question précise comme celle-ci, risquent de vous alarmer inutilement ou au contraire vous rassurer à tort.

LES RÉPONSES

OUI : Votre partenaire est au-dessus de tout soupçon et votre couple comme votre union sont assurés d'une durée importante et sereine.

CONFIANCE : Sa fidélité profonde et son affection pour vous ne sont pas en cause. En fait, et si vous éprouvez quelques alarmes, sachez que celles-ci sont sans fondement. Redoublez seulement de gentillesse et de prévenances.

OSEZ : Tout n'est pas blanc, ni rose, mais tout n'est pas noir non plus. En fait il serait hasardeux de vous fier aux seules apparences et de prendre pour de l'infidélité ce qui n'est qu'une forme moderne de galanterie ou de coquetterie. Comme il vaut mieux ne pas tenter le diable en ce moment, soyez sur vos gardes et faites en sorte que vous soyez toujours et pour mille raisons, préféré ou préférable.

MÉFIANCE : Il vous faut voir les choses en face : il y a du danger. Sans que rien d'irrémédiable ne se soit encore produit il est vrai que votre partenaire éprouve pour une autre personne que vous des sentiments dont il n'a pas encore lui-même mesuré l'importance. Faites attention : surveillez-vous tout autant que vous le surveillerez, en sachant que de toute façon « le pire n'est pas toujours sûr ».

NON : Prenez bien soin, avant de vous affoler, de peser le pour et le contre. Ce n'est peut-être qu'une aventure, une passade sans lendemain. Il faut parfois savoir fermer les yeux pour ne pas réduire à néant ce que des mois ou des années de sentiments partagés ont élaboré. Gardez votre calme. Demandez une explication. Ayez confiance malgré tout.

5 b. Qui est l'autre ?

Nous ne sommes pas sûrs que la réponse à cette question sera de nature à vous tranquilliser si d'aventure la réponse précédente vous a laissé augurer d'une infidélité possible!

Ceci posé, voici comment vous pouvez, en consultant l'Astredé, connaître QUI, dans votre entourage ou dans vos relations, s'avère être l'objet de vos préoccupations.

Prenez dans la main gauche les 2 Dés Zodiacaux. Lancez-les 13 fois. Notez le ou les deux signes qui sont sortis le plus de fois au cours de ces 13 lancers.

Si un signe astrologique et un seul est sorti plus souvent que les autres, la personne au sujet de laquelle vous vous interrogez est ainsi clairement désignée.

Si deux signes sont apparus avec le même nombre de de lancers (3 fois chacun par exemple), il vous sera alors nécessaire de relancer le ou les Dés Zodiacaux portant ces signes en même temps que le Dé Présage. Le signe à retenir sera celui qui apparaîtra le premier accompagné de la réponse clé OUI, ou OSEZ.

6. Reviendra-t-il, reviendra-t-elle ?
Quand allez-vous revoir cette personne ?

Connaissant le signe astrologique de la personne, prenez dans la main gauche le Dé Zodiacal portant son signe et le Dé Présage.

Lancez les 2 dés jusqu'à ce que le signe de cette personne apparaisse.

Notez, comme prédécemment, l'influence du nombre de lancers nécessaires : ce nombre doit être considéré comme un correctif parfois très puissant de la réponse brute donnée par le Dé Présage.

OUI : La réponse est catégoriquement positive et votre attente va se trouver récompensée sous peu.

CONFIANCE : Vous allez revoir cette personne et les présages concernant cette prochaine rencontre sont très favorables, surtout si cette indication vous a été donnée en moins de 4 lancers.

OSEZ : Quelques difficultés, mineures, restent encore sur votre chemin à l'un comme à l'autre, mais vous ne devez absolument pas perdre espoir : c'est une question de patience et d'efforts.

CONSULTEZ A NOUVEAU : Relancez le Dé Présage. Souvenez-vous cependant, quelle que soit la nouvelle réponse, que sa signification s'en trouvera légèrement amoindrie.

MÉFIANCE : A l'heure qu'il est votre rencontre n'est pas encore inscrite dans les Astres et il va vous falloir beaucoup de patience et de courage.

NON : Il ne semble pas, pour le moment du moins, que vos chemins soient appelés à se croiser.

7. Quand cela se produira-t-il ?

Voir au chapitre VII. 4.

II.   SANTÉ ET PROBLÈMES PHYSIQUES

1.   Corrélations entre les signes astrologiques et les différentes parties de votre corps.

2.   Quelle est l'origine de vos malaises, douleurs ou fatigues?

3.   Que devez-vous surveiller plus particulièrement en ce moment?

4.   Telle époque est-elle favorable pour une intervention ou un traitement donné?

4 b.   A quelle époque vaut-il mieux pratiquer cette intervention?

5.   Vous entendrez-vous bien, sur le plan physique, avec cette personne?

Correspondances des signes du Zodiaque avec le corps humain

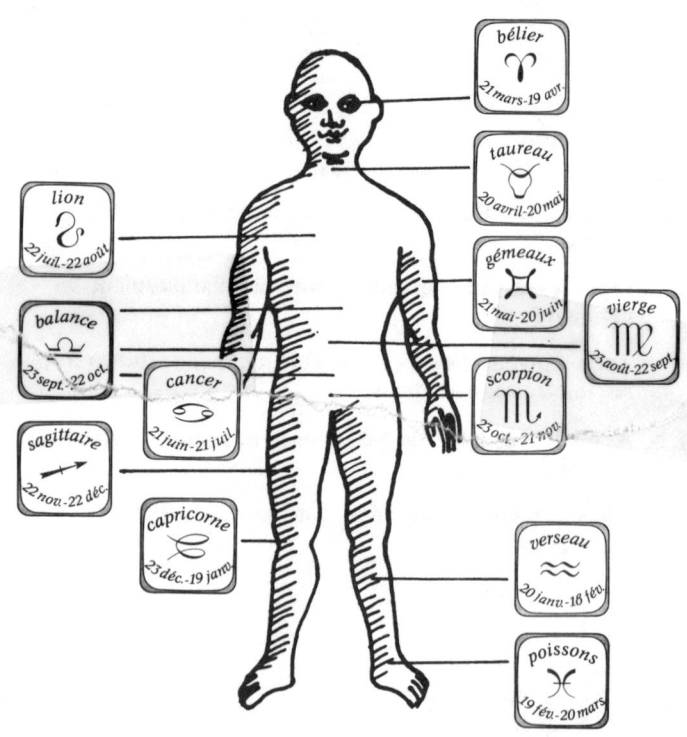

1. Correspondances du Zodiaque avec le corps humain.
Ses signes et les parties du corps.

Depuis les temps les plus reculés, les Astrologues ont déterminé des correspondances très précises entre les 12 signes astrologiques et certaines parties essentielles du corps humain.

Au Moyen Age par exemple, il était fréquent de trouver chez le médecin-chirurgien-apothicaire, une planche anatomique montrant l'emplacement de chaque signe sur le corps d'un homme. Les lunaisons, les signes du Zodiaque, l'ascendant du patient étaient alors autant de paramètres importants que l'on prenait en considération avant de pratiquer une « saignée » ou un « clister ».

Aujourd'hui, et malgré les progrès de la science et de la médecine, il est encore fréquemment observé que telle opération chirurgicale laisse moins de séquelles selon l'époque où elle intervient et que, curieusement, ces époques sont celles qui correspondent à cette fameuse équivalence avec les signes astraux dont se prévalaient les Anciens.

Signes impairs		Signes pairs	
Bélier :	tête	Taureau :	cou
Gémeaux :	bras	Cancer :	intestin
Lion :	cœur	Vierge :	ventre
Balance :	reins	Scorpion :	sexe
Sagittaire :	cuisses	Capricorne :	genoux
Verseau :	jambes	Poissons :	pieds

2. Quelle est l'origine de votre fatigue ou de vos malaises ?

Prenez dans la main gauche les 3 dés : les 2 Dés Zodiacaux et le Dé Présage.

Jetez les 3 dés ensemble jusqu'à ce que le signe OUI apparaisse sur le Dé Présage.

Si la réponse clé OUI n'est pas « sortie », dans les 13 premiers lancers, c'est que l'origine de vos malaises ou de vos douleurs est plus complexe qu'elle n'en a l'air et qu'elle peut se situer au niveau du système nerveux, glandulaire ou circulatoire. Dans ce cas, l'Astredé, hélas, ne pourra vous donner une réponse exacte pour l'instant et il vous faudra attendre au moins 12 heures avant de procéder à une nouvelle consultation.

La réponse OUI étant sortie dans les 13 premiers lancers, vous vous trouvez donc devant une réponse double, indiquée par les deux signes zodiacaux apparus sur les dés. Pour connaître l'origine de votre douleur ou malaise, il vous faut donc vous reporter au tableau précédent qui donne, pour chaque signe, sa correspondance physique.

Vous devrez aussi tenir le plus grand compte de la position respective des 2 Dés Zodiacaux par rapport au Dé Présage et surtout à l'étoile qui surmonte le i du mot OUI. C'est elle en effet qui vous dit si les deux réponses fournies sont à retenir toutes les deux ou si, au contraire, une seule est à prendre en considération.

- Si l'étoile est dirigée vers l'un des 2 Dés Zodiacaux ou vers la zone où se trouve l'un de ces 2 dés, c'est celui-ci et celui-ci seulement qui est votre réponse.

- Si l'étoile est dirigée vers une zone dans laquelle ne figure aucun des 2 Dés Zodiacaux, cela signifie que les parties du corps respectivement indiquées par l'un et l'autre comme étant à l'origine de vos malaises ont une interdépendance et sont toutes deux causes de vos ennuis.

- Si l'étoile est dirigée vers les 2 Dés Zodiacaux (soit qu'ils soient en ligne, l'un derrière l'autre, soit qu'ils se touchent), la réponse est fournie soit par le premier des 2 dés qui se trouve être le plus proche de l'étoile, soit par celui qui se trouve immédiatement à sa gauche.

3. Que devez-vous surveiller plus particulièrement en ce moment ? Attention à...

Effectuer 12 lancers successifs en notant à chaque fois :

- La notation positive ou négative du Dé Présage : si vous obtenez le signe neutre CONSULTEZ A NOUVEAU, relancez le Dé Présage jusqu'à obtenir une réponse précise.

- Les signes zodiacaux qui apparaissent à chacun des 12 lancers.

Le ou les signes zodiacaux qui sont « sortis » avec le maximum de fréquence vous indiquent la localisation de douleurs ou lésions possibles ou, plus fréquemment, les organes ou parties de votre corps qu'il vous faudra surveiller davantage.

BÉLIER :	maux de tête, névralgies, insomnies.
TAUREAU :	angine, refroidissement, allergie, crise d'asthme, torticolis.
GÉMEAUX :	douleurs dans les membres supérieurs, blessures aux mains et aux bras.
CANCER :	problèmes intestinaux, douleurs d'estomac.
LION :	tachycardie, problèmes cardiaques, douleurs.
VIERGE :	grossesse possible, crise hépatique.
BALANCE :	reins, danger d'urémie et de problèmes urinaires.
SCORPION :	dérèglement des organes génitaux, infection de la vessie.

SAGITTAIRE :   douleurs aux hanches, tour de reins, déchirures musculaires au niveau de la cuisse.

CAPRICORNE :   rhumatismes articulaires, douleurs aux genoux, maladies de la peau.

VERSEAU :   varices, rhumatismes dans les membres inférieurs, problèmes de circulation.

POISSONS :   inflammation des muqueuses, refroidissement, problèmes articulaires au niveau des pieds.

La somme des notations du Dé Présage (positives ou négatives) vous indiquera si vous avez ou non à redouter un trouble ou un malaise quelconque ou si, au contraire, il ne s'agit que de précautions à prendre.

Vous obtiendrez cette NOTATION SIGNIFICATIVE en additionnant les réponses positives et les réponses négatives du Dé Présage :

- OUI, OSEZ, CONFIANCE, sont des réponses positives.
- NON, MÉFIANCE, sont des réponses négatives.

Selon que vous aurez obtenu, sur les 12 lancers consécutifs, un maximum de signes positifs ou de signes négatifs, votre notation globale sera positive ou négative.

- Si cette notation est positive, les organes ou parties du corps signalés par l'Astredé sont à surveiller : vous risquez des petits troubles passagers mais sans aucun caractère de gravité.

- Si cette notation est négative, les organes ou parties du corps signalés à votre attention devront être attentivement surveillés par vous car il est vraisemblable que vous aurez une certaine fragilité de ce côté-là.

- Si aucune notation déterminante n'apparaît, c'est-à-dire si le Dé Présage vous a donné autant de réponses positives que de réponses négatives, cela signifie que vos douleurs ou malaises seront localisés dans ces parties du corps mais auront une origine davantage nerveuse que physique. Surveillez alors très attentivement votre état nerveux : c'est lui qui sera à la base de tous vos maux.

4. Telle époque envisagée est-elle favorable à une intervention chirurgicale ou un traitement médical donné?

Connaissant la nature de votre affection ou de votre maladie, établissez sa corrélation avec le signe astrologique correspondant (voir tableau pages précédentes).

Prenez dans la main gauche le Dé Zodiacal qui contient ce signe, et le Dé Présage.

Lancez les 2 dés jusqu'à apparition du signe qui correspond à votre affection. Lisez la réponse sur le Dé Présage.

OUI : L'époque à laquelle vous envisagez de subir cette intervention ou ce traitement est parfaitement adaptée à sa nature et vous offre un maximum de chances.

CONFIANCE : L'époque envisagée est bonne, mais il est important que votre état « psychique » soit fort et confiant. N'oubliez pas qu'une personne malade et qui veut, de tout son être, guérir, est déjà sur la voie de la guérison effective.

OSEZ : En dépit d'angoisses qui vous animent, vous devez faire cette intervention (ou ce traitement). Vous en sortirez considérablement amélioré et la guérison totale est au bout de l'épreuve, même s'il vous faut patienter encore quelques semaines.

CONSULTEZ A NOUVEAU : Il ne semble pas que l'époque que vous envisagiez soit excellente. La sagesse serait d'attendre jusqu'à la prochaine lunaison.

MÉFIANCE : Avant de prendre votre décision, consultez médecins et spécialistes. Le principe de l'intervention lui-même n'est pas en cause, mais il serait plus raisonnable de vous entourer de toutes les précautions nécessaires.

NON : L'époque envisagée ne paraît pas la meilleure en fonction de votre contexte astral. Ne prenez pas de risques. Attendez après avis de vos médecins traitants, et si la chose est possible, jusqu'au 21 du mois en cours ou au 23 du mois suivant.

4 b. A quelle époque puis-je subir cette intervention?

Voir chapitre VII.1.

5. Avec qui pouvez-vous connaître la parfaite entente physique?

Ne cachez pas votre tête derrière votre bras! Et votre bras derrière votre dos! Et votre main dans le creux de votre poche ou de votre châle! Et ne rougissez pas... Cette question ne sacrifie pas à la mode du moment ou à la recherche du scandale : il n'y a pas de véritable bonheur, dans les couples, sans une parfaite entente sur le plan physique! Or, s'il est vrai, prouvé et reconnu que les concordances entre les signes astrologiques des individus peuvent déboucher sur des caractères parfaitement harmoniques ou au contraire dangereusement antinomiques, il en est de même en ce qui concerne l'aptitude de chaque être de connaître le bonheur physique avec telle ou telle autre personne.

1. Prenez dans la main gauche le Dé Zodiacal portant votre signe. Lancez ce dé jusqu'à ce que votre signe apparaisse. Notez le nombre de lancers effectués. C'est votre NOMBRE PRIMAIRE.

2. Prenez à présent le dé qui comporte le signe du Scorpion (symbole du sexe dans la table des équivalences) et le Dé Présage. Lancez les 2 dés jusqu'à ce que le signe du Scorpion sorte accompagné de la réponse clé OUI ou OSEZ ou CONFIANCE. Notez le nombre de lancers effectués. C'est votre NOMBRE CORRÉLATIF.

3. Additionnez ces deux nombres (primaire et corrélatif) : vous obtiendrez le nombre clé qui vous donnera la réponse à la question posée en comptant comme suit :

1 = Bélier; 2 = Taureau; 3 = Gémeaux; 4 = Cancer; 5 = Lion; 6 = Vierge; 7 = Balance; 8 = Scorpion; 9 = Sagittaire; 10 = Capricorne; 11 = Verseau; 12 = Pois-

sons; 13 = Bélier; 14 = Taureau; 15 = Gémeaux, etc., en reprenant dans l'ordre les 12 signes astrologiques.

Le signe indiqué par votre nombre clé est celui de la personne avec laquelle vous avez le plus de chances de connaître l'entente physique et la plénitude du bonheur.

Nota.

Si vous êtes vous-même du signe du Scorpion, cela ne change aucunement le processus de l'interrogation. Vous obtiendrez votre nombre primaire en comptant le nombre de lancers nécessaires pour faire sortir votre signe. Puis vous obtiendrez votre nombre corrélatif en reprenant votre dé portant le signe du Scorpion et en notant le nombre de lancers effectués pour obtenir simultanément OUI, CONFIANCE ou OSEZ et le Scorpion.

Pouvez-vous connaître l'entente physique parfaite avec une personne déterminée?

Connaissant le signe astrologique de la personne qui fait l'objet de votre question, prenez dans la main gauche le Dé Zodiacal portant son signe, et le Dé Présage.

a) Lancez les 2 dés jusqu'à ce que le signe de la personne apparaisse. Indépendamment du nombre de lancers, notez la réponse clé du Dé Présage (positive ou négative).

b) Prenez maintenant le Dé Zodiacal portant le signe du Scorpion et le Dé Présage. Lancez les 2 dés ensemble jusqu'à ce que le signe du Scorpion apparaisse. Regardez la réponse clé du Dé Présage (positive ou négative).

c) Prenez enfin le Dé Zodiacal qui porte votre propre signe de naissance et le Dé Présage. Lancez les deux dés jusqu'à ce que votre signe sorte. Notez à nouveau la réponse clé du Dé Présage.

Nota.

1. Que l'une des personnes — celle pour laquelle vous vous interrogez, vous-même, ou même les deux — soient du

signe du Scorpion ne change en rien la manière de procéder : simplement, vous devrez à chaque fois faire sortir le signe du Scorpion en vous référant pour la manière de faire et le nombre de lancers à la règle normale.

2. En cas de réponse clé du Dé Présage CONSULTEZ A NOUVEAU, vous devrez relancer le Dé Présage jusqu'à obtention d'une réponse précise.

3. Il est conseillé de vous munir d'un papier et d'un crayon afin de préparer un petit tableau qui vous permettra de noter les réponses obtenues (voir tableau des réponses).

TABLEAU DES RÉPONSES

Réponses clés du Dé Présage : + = OUI
OSEZ
CONFIANCE

— = NON
MÉFIANCE

1er lancer	2e lancer	3e lancer	Réponses
+	+	+	I
+	+	—	II
+	—	+	III
+	—	—	IV
—	+	+	V
—	+	—	VI
—	—	+	VII
—	—	—	VIII

Réponse I.

C'est évidemment la réponse la meilleure qu'il se puisse obtenir puisque aussi bien en ce qui vous concerne qu'en ce qui concerne la personne, vous êtes parfaitement en phase et que la réponse clé qui symbolise les problèmes de l'amour physique est de concordance positive avec l'un et l'autre. Nul doute que vous connaissiez ou allez connaître de grands moments de bonheur physique avec la personne en question.

Réponse III.

Vous êtes tous deux sensibles aux mêmes choses, amateurs des mêmes attentions et aptes à connaître le véritable amour. Attention cependant à ne jamais « oublier » l'autre et à croire que « c'est arrivé » *ad vitam eternam*. Votre amour physique sera parfait si vous le méritez!...

Réponses II et V.

Votre indice « sexuel » est encore positif, mais l'un ou l'autre a une tendance à l'égoïsme, lequel peut être nuisible à un plaisir partagé. Ce sera plutôt de votre fait dans le cas de la figure n° V et celui de votre partenaire dans le cas de la figure n° II.

Réponse VIII.

Vous n'êtes pas fait l'un pour l'autre et n'avez guère à attendre de votre union physique. Autour d'un pôle sexuel négatif, vous êtes l'un et l'autre également négatifs et il est donc fort peu probable que vous ne connaissiez jamais, du moins ensemble, le véritable plaisir physique.

Réponses IV et VII.

La caractéristique de ces deux réponses est le balancement inégal qui s'opère, autour d'un pôle sexuel négatif entre vos deux coefficients personnels. En VII, vous éprouverez quelques difficultés en raison de votre tempérament plus sensuel et plus délié que celui de votre partenaire, au contraire réservé par nature et moins enclin au laisser-aller.

En IV, cette situation se retrouve, mais à votre désavantage car il apparaît que vous êtes de tempérament moins ardent que votre partenaire et que ceci peut vous conduire à quelques petits problèmes passagers.

Réponse VI.

Votre union physique est paradoxale : le pire comme le meilleur peuvent en résulter. *A priori*, la chance est de votre côté, avec un pôle sexuel positif, mais il ressort très nettement que vos deux tempéraments sont calmes et sans excès. Attention aux problèmes psychiques plus que physiques qu'une telle situation peut faire naître au sein de votre union.

III. ARGENT ET FINANCES

1. Vos problèmes financiers vont-ils se résoudre?

1 b. Quand?

2. Qui peut vous aider, vous dépanner ou vous prêter de l'argent?

3. L'affaire que vous avez en cours va-t-elle vous rapporter?

4. Combien?

1. Vos problèmes financiers vont-ils se résoudre?

Prenez le Dé Zodiacal portant votre signe et le Dé Présage dans votre main gauche.

Jetez les 2 dés jusqu'à ce que votre signe apparaisse.

OUI : Vous touchez à la fin de vos problèmes d'argent : tout va s'arranger pour le mieux et conformément à vos désirs. Si la réponse clé du Dé Présage est apparue au premier lancer, cette heureuse issue est sûre et certaine, et pour très bientôt. Si le OUI est apparu en 2 à 4 lancers vous devez être encore un peu patient, mais cela ne tardera pas. Si la réponse apparaît en 5 à 12 lancers, cela ne réduit en rien son caractère positif, mais indique seulement qu'il vous faudra un peu plus de patience que prévu. Au-delà de 13 lancers, la solution sera favorable, mais pas dans l'immédiat.

CONFIANCE : Tout n'est pas encore réglé, mais vous pouvez être assuré de sortir très prochainement de « l'impasse » dans laquelle vous vous trouvez depuis quelque temps. Il est vraisemblable qu'une tierce personne vous y aidera.

OSEZ : La solution heureuse de vos actuels problèmes d'argent dépend de vous. Il vous faut persévérer dans la recherche de solutions, mais sachez que celle-ci ne dépend que de vous, de vos efforts et de la persévérance que vous mettrez dans tout ce que vous allez entreprendre à partir d'aujourd'hui.

CONSULTEZ A NOUVEAU : Relancez le Dé Présage seul. Notez que la réponse, si elle est positive, s'en trouvera minorée, et si elle est négative, aggravée.

MÉFIANCE : Rien n'est encore sur la voie d'une solution définitive et vous allez trouver sur votre route de nouvelles embûches.

NON : Vos problèmes d'argent ne sont pas encore terminés. Si la réponse négative est sortie en moins de 3 lancers, cela signifie que de nouveaux incidents sont à redouter. Si elle est intervenue au bout de plusieurs lancers (supérieurs à 5), cela signifie que vous n'aurez pas de rebondissements véritablement négatifs mais que votre difficulté financière de base n'est malheureusement pas encore réglée.

1 b. Quand ?

Voir chapitre VII.4.

2. Qui peut vous aider, vous dépanner ou vous prêter de l'argent ?

Prenez dans la main gauche les 2 Dés Zodiacaux et le Dé Présage.

Jetez les 3 dés ensemble jusqu'à ce que la réponse clé CONFIANCE apparaisse sur le Dé Présage. Vous n'avez que 7 lancers pour obtenir cette réponse.

- Si au cours des 7 lancers la réponse clé CONFIANCE n'est pas sortie, c'est que personne ne vous aidera, sur le strict plan financier, dans l'immédiat. Vous ne devrez donc compter que sur vous et ne pas attendre d'un tiers la solution de votre problème.

- Si au cours des 7 lancers vous n'avez pas obtenu la réponse clé CONFIANCE, mais qu'en revanche la réponse clé OUI soit apparue deux fois ou plus, cela signifie qu'en dépit d'une absence d'aide extérieure vous parviendrez à surmonter votre problème financier, soit que vous obteniez des délais supplémentaires, soit que vous gagniez de l'argent sans avoir dû l'emprunter.

- Si vous avez obtenu la réponse CONFIANCE en un nombre de lancers inférieurs ou égal à 7, la réponse à votre question vous est donnée par les 2 signes zodiacaux indiqués sur les Dés Zodiacaux au moment où CONFIANCE est sorti. La solution de vos ennuis d'argent viendra donc d'une personne née sous l'un de ces deux signes, et cette solution sera d'autant plus rapide que la réponse clé CONFIANCE est apparue en un nombre restreint de lancers.

Vous pouvez, si vous le désirez, poursuivre l'interrogation en déterminant laquelle de ces deux personnes sera celle qui vous aidera le plus.

Reprenez les 3 dés dans la main gauche et jetez-les jusqu'à ce que la réponse clé OUI apparaisse avec l'un ou l'autre des signes astrologiques indiqués à la précédente question.

- Si ce signe est apparu avec la réponse clé OUI en moins de 7 lancers, cette personne — et elle seule — sera déterminante dans la solution de votre problème. La seconde personne indiquée précédemment n'aura aucun rôle actif.

- Si ce signe est apparu avec la réponse clé OUI en un nombre de lancers supérieur à 7, cela signifie que les deux personnes, d'une façon complémentaire, vont jouer un rôle positif à votre encontre : la première — celle indiquée maintenant — en vous prêtant la somme demandée; la seconde en vous aidant de ses conseils et relations.

- Si les deux signes apparaissent en même temps que vous obtenez la réponse clé OUI, cela indique que les deux personnes vont se trouver directement ou indirectement associées pour vous venir en aide.

3. L'affaire que vous avez en cours va-t-elle vous rapporter?

La correspondance entre les métaux et les douze signes du Zodiaque, fait apparaître les deux équations suivantes :

— le signe du LION est celui de l'or;
— le signe du CANCER est celui de l'argent.

C'est en fonction de cette donnée de base qu'est construite l'interrogation qui vous concerne ici.

Nota.

Si vous êtes vous-même du signe du LION (né entre le 22 juillet et le 22 août), ou du CANCER (né entre le 21 juin et le 21 juillet), cela ne change aucunement la façon de procéder.

1. Prenez dans la main gauche le Dé Zodiacal portant votre signe astrologique, et le Dé Présage.
Jetez les 2 dés jusqu'à ce que votre signe apparaisse en même temps qu'une réponse clé positive (+) du Dé Présage : OUI, CONFIANCE, OSEZ. Si vous obtenez la réponse clé CONSULTEZ A NOUVEAU au moment où votre signe apparaît, relancez le Dé Présage seul jusqu'à obtention d'un présage positif : dans ce cas, comptez chaque lancer effectué, y compris celui où est apparu la réponse clé CONSULTEZ A NOUVEAU. (Si celle-ci sort plusieurs fois, vous relancez le Dé Présage seul autant de fois que nécessaire).

2. Notez soigneusement le nombre de lancers qu'il vous a fallu effectuer pour obtenir votre signe accompagné d'un présage positif.

- Si ce nombre est inférieur ou égal à 3, ajoutez-y 4 pour obtenir votre nombre clé.

- Si ce nombre est compris entre 5 et 13, ou égal à 5 ou 13, il forme directement votre nombre clé.

- Si ce nombre est supérieur à 13, ôtez 5 pour obtenir votre nombre clé.

Nota.

Si vous n'êtes pas parvenu à faire sortir votre signe accompagné d'un présage positif en un nombre de lancers compris entre 1 et 17, vous ne devez pas poursuivre votre interrogation sur cette question précise. Cette impossibilité d'obtenir votre signe ou la conjugaison de celui-ci avec un présage positif, indique qu'il faut vous montrer extrêmement réservé quant à l'issue financière de cette affaire et ce jusqu'au 21 du mois.

3. Prenez à présent les 2 Dés Zodiacaux dans la main gauche et jetez-les ensemble un nombre de fois égal à votre nombre clé.
Notez le nombre d'apparitions des signes LION et CANCER.
La réponse à votre question dépend du nombre de fois où ces deux signes, soit séparément, soit ensemble, seront apparus au cours des lancers effectués jusqu'à concurrence de votre nombre clé.

- Si l'un ou l'autre des deux signes est sorti seul trois fois ou plus, la réponse est positive et vous pouvez espérer gagner de l'argent avec l'affaire que vous avez en cours.

- Si le signe LION (or) est sorti seul au cours des lancers, et deux fois ou plus, vous êtes assuré de tenir une réelle chance financière et de gagner beaucoup d'argent.

- Si les deux signes LION et CANCER sont sortis ensemble une fois ou plus, la réponse est la meilleure possible et vous avez les Dieux de l'argent et des finances avec vous.

● Si aucun des deux signes LION ou CANCER n'est apparu votre affaire ne sera pas rémunératrice.

4. Combien ?

Il n'est évidemment pas possible de répondre à cette question en vous révélant le chiffre précis, mais vous pouvez parfaitement connaître l'ordre de grandeur de cette somme.

Prenez dans la main gauche les 2 Dés Zodiacaux.

Jetez-les 13 fois en notant à chaque lancer, sur un tableau que vous aurez préalablement tracé sur une feuille de papier comme sur l'exemple ci-après, les notations obtenues.

De gauche à droite :

● 1ʳᵉ colonne : LION + CANCER = 2
● 2ᵉ colonne : LION + autre signe = 1
● 3ᵉ colonne : CANCER + autre signe = 1
● 4ᵉ colonne : autre signe + autre signe = 0

(voir l'exemple proposé ci-après).

Exemple :

Lancer	LION + CANCER	LION seul	CANCER seul	Autres signes
1				0
2			1	
3				0
4	2			
5				0
6	2			
7			1	
8		1		
9				0
10			1	
11	2			
12		1		
13				0
TOTAL	6	2	3	0

Dans l'exemple ci-dessus la personne a obtenu :

— deux signes autres que Lion ou Cancer au 1ᵉʳ lancer. Elle a donc inscrit 0 dans la 4ᵉ colonne;

— un Cancer et un autre signe au 2ᵉ lancer. Elle a inscrit 1 dans la 3ᵉ colonne;

— deux signes autres, à nouveau, que ceux du Lion ou du Cancer au 3ᵉ lancer. Elle a inscrit 0 dans la 4ᵉ colonne;

— le signe du Lion et celui du Cancer au 4ᵉ lancer. Elle a inscrit 2 dans la 1ʳᵉ colonne, etc.

En faisant le total de chaque colonne elle a obtenu le nombre clé : 6.2.3.0.
Faites, pour chaque colonne, le total des points obtenus.

Table de signification

0000 à 0050 : Il s'agit d'une toute petite somme, plus symbolique qu'autre chose.

0050 à 0330 : La somme que vous allez gagner est encore fort modique et n'excédera pas 1 000 F (cent mille anciens francs).

0330 à 0650 : La somme sera de quelques milliers de francs, vraisemblablement moins de 5 000 F.

0650 à 2220 : Vous avez une chance d'être « millionnaire » en anciens francs, c'est-à-dire que la somme que vous allez gagner sera comprise entre 5 000 et 10 000 F.

2220 à 6330 : Vous êtes « millionnaire » : la somme peut aller jusqu'à 50 000 F.

6330 à 8630 : C'est presque le gros lot; en tout cas une très grosse somme d'argent puisqu'elle est comprise dans la tranche de 50 000 à 200 000 F.

+ de 8630 : Vous tenez l'affaire unique de votre vie, celle qui va vous mettre à l'abri du besoin pour le restant de vos jours. Il est impossible de l'évaluer précisément : sachez qu'elle dépasse allègrement les 50 millions d'anciens francs!

IV. TRAVAIL ET VIE PROFESSIONNELLE

1. Corrélations existantes entre les signes zodiacaux, les Planètes Législatrices de ces signes et les possibilités professionnelles résultantes.

2. L'affaire ou le travail que vous avez en cours vont-ils réussir ?

3. Votre profession étant :
   — artistique,
   — commerciale ou industrielle,
   — libérale,
   — manuelle,

   comment se présentent vos chances objectives de succès ?

3 b. Quand devez-vous entreprendre cette affaire pour être sûr de la mener à bien ?

4. Dans le cadre de votre travail, à qui pouvez-vous vous associer ?

5. Telle personne peut-elle, dans votre travail, vous convenir ?

5 b. Pouvez-vous entreprendre le voyage d'affaires que vous projetez ?

1. Corrélations entre les signes zodiacaux, les Planètes qui régissent chaque signe, et les implications professionnelles potentielles

I. Chacun des 12 signes du Zodiaque est associé à une planète dite « législatrice » avec laquelle il est en « résonance ». Cette corrélation primaire est la suivante :

Signes	Planètes
Bélier	Mars
Taureau	Vénus
Gémeaux	Mercure
Cancer	Lune
Lion	Soleil
Vierge	Mercure
Balance	Vénus
Scorpion	Mars
Sagittaire	Jupiter
Capricorne	Saturne
Verseau	Uranus
Poissons	Neptune

II. Chacune de ces 9 planètes est par ailleurs génératrice d'une typologie planétaire : le Vénusien, le Lunarien, le Saturnien, etc. Ces types eux-mêmes, par leurs correspondances glandulaires et par leurs caractéristiques morphologiques, physiologiques et psychologiques sont en plus ou moins bonne « phase » avec telle ou telle nature d'activité professionnelle.

III. L'étude approfondie de ces différents paramètres, alliée à celle qui résulte de l'analyse des attributs astrologiques de chaque signe et de chaque type planétaire, a permis d'établir une symbolique simple et significative.

Ces symboles clés sont, pour les 4 domaines qui nous intéressent ici, les suivants :

- Artistique : planètes législatrices : LUNE et VÉNUS; signes astrologiques en résonance : BALANCE et TAUREAU.

- Commerce et Industrie : planètes législatrices : MERCURE et JUPITER; signes astrologiques en résonance : GÉMEAUX et VIERGE.

- Profession libérale : planètes législatrices : SATURNE et NEPTUNE; signes astrologiques en résonance : LION et POISSONS.

- Manuelle : planètes législatrices : MARS et URANUS; signes astrologiques en résonance : SCORPION et VERSEAU.

IV. Les 4 couples de signes zodiacaux précédemment définis figurent sur les 2 Dés Zodiacaux dans une même couleur :

- Bleu   pour le manuel et le commercial.
- Vert   pour l'artistique.
- Rouge   pour les professions libérales.

Par ailleurs, et pour un même couple de signes symboliques, chaque signe astrologique clé est placé sur un dé différent.

(Dé des signes pairs ou dé des signes impairs.)

2. L'affaire ou le travail que vous avez en cours vont-ils réussir?

Prenez dans la main gauche le Dé Zodiacal portant votre signe astrologique, et le Dé Présage.

Jetez les 2 dés ensemble jusqu'à ce qu'apparaisse votre signe zodiacal.

La réponse vous est fournie par les réponses clés du Dé Présage.

OUI : L'affaire ou le travail sur lesquels vous êtes actuellement sont placés sous les meilleurs auspices et vous êtes assuré de réussir brillamment.

CONFIANCE : La réponse est également hautement favorable, avec la légère restriction suivante : ne relâchez pas vos efforts trop vite : vous allez réussir mais cela ne sera nullement le fruit du hasard.

OSEZ : Vous allez vers une réussite sans que celle-ci soit nécessairement pour demain. En outre, vous ne parviendrez au résultat souhaité qu'après une obstination volontaire et constructive : c'est à ce prix seulement que vous déboucherez vers la solution favorable dont vous rêvez.

CONSULTEZ A NOUVEAU : Cette réponse clé du Dé Présage est en elle-même une indication fort précise ; elle signifie qu'une tierce personne jouera un rôle dans la réussite ou au contraire dans les difficultés que vous rencontrerez dans votre affaire.

Pour connaître QUI sera appelé à jouer ce rôle de médiateur, procédez comme suit :

● Prenez dans la main gauche les 2 Dés Zodiacaux et le Dé Présage.

● Jetez les 3 dés ensemble jusqu'à ce que la réponse clé OUI apparaisse.

● Les deux signes zodiacaux sortis en même temps que cette réponse clé vous indiquent les personnes en question.

Pour savoir si toutes deux ou si l'une seulement seront déterminantes, reprenez dans la main gauche les 2 Dés Zodiacaux et le Dé Présage.

● Jetez les 3 dés ensemble jusqu'à ce qu'apparaisse l'un des signes zodiacaux précédents, avec une réponse clé POSITIVE (Oui, Confiance, Osez). Le signe indiqué alors est celui de la personne qui aura un rôle déterminant dans l'issue de votre affaire. Pour connaître la nature de cette issue (favorable ou défavorable) il vous faut reprendre l'ensemble de l'interrogation tel que décrit plus haut.

MÉFIANCE : L'affaire qui vous préoccupe, ou le travail que vous avez en cours, ne paraissent pas devoir être couronnés de succès dans l'immédiat. Il vous faut vous armer de patience et ne pas relâcher vos efforts et votre attention un seul instant.

NON : Au jour d'aujourd'hui, l'issue de votre affaire n'est pas en bonne voie. Il se peut, néanmoins, que cette conjoncture astrale qui pour le moment vous est défavorable, évolue dans un proche futur et change de sens. Pour connaître une telle éventualité, il vous faut attendre, avant de procéder à une nouvelle interrogation, d'être dans une autre époque zodiacale, c'est-à-dire sous l'influence d'un signe différent de celui sous lequel vous venez de procéder à cette question.

3. Comment se présentent vos chances objectives de succès professionnel en fonction de la nature même de votre activité?

a) Quelle que soit la nature de votre profession, vous devez déterminer, dans un premier temps, votre nombre clé professionnel.

Prenez dans la main gauche le Dé Zodiacal portant votre signe astrologique, et le Dé Présage.

Jetez les 2 dés jusqu'à ce qu'une réponse clé positive : OUI ou CONFIANCE apparaisse en même temps que votre signe.

● S'il vous a fallu un nombre de lancers égal à 4 ou égal à 13, ou compris entre 5 et 12, ce nombre est votre nombre clé.

● S'il vous a fallu de 1 à 3 lancers, ajoutez 5 pour obtenir votre nombre clé.

● S'il vous a fallu un nombre de lancers supérieur à 13, vous ne pouvez pas poursuivre l'interrogation et devez attendre au moins 24 heures avant de procéder à une nouvelle analyse.

b) En fonction de votre nature d'activité, vous allez à présent déterminer si celle-ci est actuellement, et en ce qui vous concerne, favorable ou défavorable.

Pour cela, prenez dans la main gauche les deux Dés Zodiacaux.

Jetez-les ensemble 7 fois.

Les signes symboliques clés sont :

— si votre profession est artistique

BALANCE-TAUREAU

— si votre profession est commerciale ou industrielle

GÉMEAUX-VIERGE

— si votre profession est libérale

POISSONS-LION

— si votre profession est manuelle

VERSEAU-SCORPION

Notez, pour chacun des 7 lancers successifs si l'un de vos deux signes clés apparaît ou si les deux sortent en même temps.

c) Lancez à présent le Dé Présage seul, un nombre de fois égal au nombre clé professionnel que vous avez obtenu en *a)*.

Notez si la dernière réponse du Dé Présage (la seule qui compte puisqu'elle correspond à votre nombre clé) est positive (Oui, Osez, Confiance), ou négative (Non, Méfiance). Si vous obtenez le signe neutre, CONSULTEZ A NOUVEAU, relancez le Dé Présage jusqu'à obtention d'une réponse tranchée.

TABLEAUX DES RÉPONSES

1. Domaine artistique.

- Votre couple symbolique clé (Balance-Taureau) est sorti 3 fois ou plus... Si votre Dé Présage vous a donné une réponse positive, vous êtes assuré de rencontrer un très brillant succès artistique, avec la remise d'un prix ou d'une distinction supérieure. Si votre Dé Présage a donné une réponse négative, cela indique un délai supplémentaire, mais un véritable succès de toute manière. Votre inspiration créatrice, dans les deux cas, va être à la source d'une félicité à la fois spirituelle et matérielle.

- Votre couple symbolique est sorti 1 ou 2 fois avec une notation positive du Dé Présage... Cela signifie que vous abordez une nouvelle période de gestation créatrice apte à vous procurer de vives satisfactions. Si votre Dé Présage était négatif, il faut vous attendre à quelques difficultés mineures à survenir dans les prochaines semaines.

- Votre couple symbolique n'est pas sorti, mais vous avez obtenu séparément 3 fois ou plus l'un des deux signes (Balance ou Taureau)... en fonction de la notation finale du Dé Présage (positive ou négative), cela indique une ascension lente mais prometteuse vers une réussite professionnelle mesurée.

Si vous briguez un prix, celui-ci ne vous est pas acquis, mais il reste dans le domaine des choses possibles : cela dépend de vos efforts et — surtout si votre Dé Présage était négatif — de vos relations.

● Si votre couple symbolique n'est pas sorti mais que vous ayez obtenu l'un des deux signes séparément au moins deux fois, vous allez connaître une période difficile qui se terminera à votre avantage (surtout si la réponse de votre Dé Présage a été positive).

● Si vous n'avez fait apparaître l'un des deux signes qu'une seule fois, ou pas du tout, durant les sept lancers, cela n'est pas d'un excellent augure pour votre avenir artistique, dans l'immédiat. Si votre Dé Présage était positif, vous pouvez espérer un revirement; s'il était négatif, cela indique une mauvaise passe certaine.

2. Domaine commercial.

● Votre couple symbolique clé (Vierge-Gémeaux) est apparu plus de 3 fois... avec une notation positive du Dé Présage, cela signifie que vos affaires commerciales ou industrielles vont entrer dans une période d'euphorie et que tout va vous réussir. Avec une notation négative, cela indique de bons rapports sur le plan strictement financier, mais un surcroît de responsabilités.

● Vous avez obtenu, au cours des 7 lancers, 2 fois le signe de la Vierge et 2 fois celui des Gémeaux. Cela vous révèle un excellent climat pour des transactions boursières, surtout si votre Dé Présage était positif.

● Vous avez obtenu 1 ou 2 sorties du couple symbolique ou deux, ou plus, apparitions d'un seul des signes clés. Si cela s'accompagne d'un présage positif, vous êtes assuré de trouver dans vos affaires un climat favorable à des investissements expansionnistes. Vous pouvez embaucher du personnel et vous doter de nouveaux moyens de production. Si vous avez obtenu une notation négative, attention à une certaine inflation : vérifiez votre trésorerie : vous allez connaître un « boum » certain qui ne sera pleinement bénéfique que si vous savez vous entourer de certaines précautions financières.

● Vous avez obtenu 1 seule sortie d'un des signes clés avec un présage positif : vous traversez ou allez traverser une crise que vous surmonterez; si votre Dé Présage est négatif, vous courez certains risques, surtout du côté de vos valeurs boursières, de vos fournisseurs ou de votre stock.

● Vous n'avez obtenu aucun des deux signes symboliques clés... Cela traduit des difficultés de gestion à craindre, surtout si votre Dé Présage était négatif.

3. Domaine libéral.

● Pour être assuré d'une parfaite réussite dans le domaine professionnel qui est le vôtre, vous devez avoir obtenu, soit 2 sorties ou plus du couple symbolique vous concernant (Lion-Poissons), soit 4 sorties de l'un des deux signes seuls. Si votre Dé Présage est positif, vous allez connaître une période d'activités à la fois fébriles et fructueuses dont vous sortirez transformé. Si votre Dé Présage est négatif, vous devrez ménager votre entourage pendant le feu de l'action afin qu'au terme de votre réussite professionnelle vous ne soyez pas fâché avec vos parents, amis ou relations.

● Si vous avez obtenu 0 ou 1 sortie du couple symbolique et 1 sortie ou plus de chacun des deux signes séparément, vous serez tributaire d'une tierce personne (si votre Dé Présage est négatif) avant de connaître la réussite de vos affaires. Si votre Dé Présage est positif, cette intrusion d'un tiers sera au contraire bénéfique et ne fera que hâter l'issue favorable de vos travaux.

● Si vous n'avez pas fait apparaître les deux signes symboliques au moins une fois, mais que l'un d'entre eux seulement soit sorti 1 fois ou plus, avec un Dé Présage positif, cela indique une période difficile à traverser mais que vous surmonterez. Si le Dé Présage était négatif, attendez-vous à un surmenage intellectuel néfaste à votre capacité de travail, et de concentration, et donc contraire à un succès positif.

● Vous n'avez obtenu aucun des deux signes symboliques clés : votre activité professionnelle va connaître des difficultés, génératrices de problèmes financiers si votre Dé Présage était négatif, cause de soucis avec des tiers si votre Dé Présage était positif.

4. Domaine manuel.

● Vous avez obtenu 3 ou plus apparitions du couple symbolique clé (Verseau-Scorpion)... Cela indique une réussite exceptionnelle dans votre métier, avec des gains d'argent importants si votre Dé Présage était positif, et des honneurs si votre Dé Présage était négatif.

● Vous avez obtenu 1 ou 2 apparitions du couple clé ou 3 ou plus apparitions d'un des deux signes symboliques : cela indique que vous traversez une période faste, qui se traduira par des succès indiscutables sur le plan financier si votre Dé Présage était positif, et par des commandes nouvelles ou l'ouverture de nouveaux chantiers intéressants si votre Dé Présage était négatif.

● Vous avez obtenu 0 couple symbolique mais 1 apparition ou plus de chaque signe séparément : vous allez connaître des difficultés d'ordre physique, se rapportant à votre métier, si votre Dé Présage était négatif : d'ordre purement professionnel si votre Dé Présage était positif.

● Aucune sortie d'un des signes symboliques clés indique une période particulièrement dure où il va vous falloir faire très attention, accident à craindre si le Dé Présage était négatif, perte d'emploi ou de commandes importantes, s'il était positif.

3 b. Quand devez-vous entreprendre cette affaire pour être sûr de la mener à bien?

Voir chapitre VII.4.

4. Étant donné la nature de votre activité professionnelle, à qui pouvez-vous vous unir ou vous associer pour mener à bien une affaire déterminée?

Connaissant le couple symbolique qui régit votre activité professionnelle, et ce quel que soit votre signe, prenez dans la main gauche les 2 Dés Zodiacaux.

Jetez-les ensemble jusqu'à ce que l'un des deux signes symboliques clés apparaisse. La réponse est donnée par le signe sorti en même temps sur l'autre Dé Zodiacal. Si les deux signes clés sont apparus vous devez faire intervenir le Dé Présage.

Prenez alors les 3 dés dans la main gauche. Lancez-les jusqu'à ce que l'un des deux signes symboliques clés apparaisse avec un présage positif : c'est une personne née sous ce signe qui répond donc à votre interrogation.

Pour cette question, plus la réponse vous sera donnée rapidement (c'est-à-dire avec un faible nombre de lancers) plus la personne indiquée par les Dés Zodiacaux vous conviendra sans restriction. Au contraire, une réponse obtenue au terme d'un nombre de lancers supérieur à 6 indique que cette personne est à l'heure actuelle et pour le problème particulier que vous avez à résoudre, la plus apte à vous épauler sans pour cela offrir toutes les garanties demandées.

5. Étant donné la nature de votre activité professionnelle, telle personne est-elle ou non apte à vous donner satisfaction dans le cadre d'une collaboration déterminée?

Connaissant le couple symbolique clé qui régit votre activité :

— artistique	= Balance	+ Taureau
— commerciale et industrielle	= Vierge	+ Gémeaux
— libérale	= Poissons	+ Lion
— manuelle	= Verseau	+ Scorpion

et connaissant le signe de naissance de la personne qui fait l'objet de votre interrogation, prenez dans la main gauche le Dé Zodiacal portant son signe et le second Dé Zodiacal qui contient donc le deuxième signe symbolique clé (puisque chaque couple est dissocié et figure respectivement sur un des Dés).

Jetez les 2 Dés Zodiacaux jusqu'à ce que l'un des deux signes (celui de la personne ou celui qui symbolise l'activité) apparaisse.

Jetez alors un nombre égal de fois le Dé Présage et notez la réponse clé obtenue (positive ou négative).

1. Le Dé symbolique T (professionnel) est sorti en premier avec le présage positif.

2. Le Dé Zodiacal portant le signe de la personne est sorti en premier avec le présage positif.

3. Le Dé T est sorti en premier avec le présage négatif.

4. Le Dé Zodiacal est sorti en premier avec le présage négatif.

1. La personne qui fait l'objet de votre interrogation est sûrement parfaitement fiable et se révélera extrêmement bénéfique à vos côtés. Toutefois, c'est l'aspect professionnel, davantage que l'aspect humain qui primera dans vos rapports.

2. Contrairement au cas précédent, c'est l'humain qui conditionnera la réussite de votre entreprise commune. Pour la parfaite réussite de la tâche entreprise, il faut noter que vous risquez certains différends d'ordre psychologique.

3. Il n'est pas certain que l'association professionnelle que vous envisagez débouche sur une réussite telle que celle que vous souhaitez. En fait, la personne en question est sûrement compétente, mais votre entente avec elle laissera à désirer.

4. Dans ce cas, vous éprouverez à la fois des problèmes psychologiques (mauvaise entente, contacts difficiles, etc.) et des problèmes plus techniques (incompétence, à terme, de la personne).

5 b. Pouvez-vous entreprendre le voyage d'affaires que vous envisagez?

Voir chapitre VII.1.

V. LES PROJETS

1. Votre projet a-t-il des chances de se réaliser?

2. Qui peut le favoriser, ou au contraire le contrecarrer?

3. De quelle nature seront les problèmes éventuels que vous rencontrerez?

3 b. A quelle époque cela se passera-t-il?

4. Quel type de projets pouvez-vous faire avec le plus de chances de succès?

1. Votre projet a-t-il des chances de se réaliser?

Prenez dans la main gauche le Dé Zodiacal portant votre signe, et le Dé Présage.

Jetez les 2 dés ensemble jusqu'à ce que votre signe apparaisse.

OUI : Le projet qui fait l'objet de votre interrogation se réalisera. Tous les atouts sont de votre côté et vous bénéficierez d'un courant de chances particulièrement propice.

CONFIANCE : Votre projet se présente bien mais tout n'est pas encore complètement sûr. Dans un climat général qui vous est nettement favorable, il vous faudra malgré tout encore un peu de patience.

OSEZ : Quelques petites difficultés vont encore apparaître sur votre route, mais elles n'infléchiront pas l'issue positive de votre projet. Attendez-vous cependant à devoir vous « battre » pour le faire triompher.

CONSULTEZ A NOUVEAU : Cette réponse clé signifie que des problèmes et des obstacles vont se dresser sur la voie de la réalisation satisfaisante de votre projet. Pour en savoir davantage, il vous faut relancer le Dé Présage seul 5 fois de suite et noter le nombre de réponses clés positives et négatives.

- 3 réponses positives ou davantage signifient des difficultés mineures que vous n'aurez aucune peine à surmonter.

- 2 réponses positives et 3 négatives signifient des soucis d'argent rendant aléatoire, pour le moment du moins, l'issue favorable de votre projet.

- 3 réponses négatives ou davantage signifient une impossibilité pour les semaines à venir de parvenir à mettre de votre côté tous les atouts nécessaires à la réussite de votre projet.

- 2 réponses neutres signifient que des tierces personnes cherchent à contrecarrer votre projet et vont y parvenir en partie.

MÉFIANCE : Votre projet se heurte à des difficultés assez fondamentales pour en empêcher sa réalisation dans un tout proche avenir.

NON : Les chances de succès ne sont pas de votre côté et votre projet risque de ne pas aboutir dans l'immédiat.

2. Qui peut favoriser, ou au contraire, contrecarrer votre projet ?

Prenez dans la main gauche les 2 Dés Zodiacaux et le Dé Présage.

Jetez les 3 dés ensemble : vous avez 7 lancers pour faire sortir la réponse clé OUI ou NON.

- Si au cours de ces 7 lancers vous n'avez obtenu ni la réponse clé OUI ni la réponse clé NON, cela signifie que personne n'interviendra — que ce soit en bien ou en mal — dans le processus de votre projet.

- Sitôt que vous avez obtenu OUI ou NON, vous arrêtez l'interrogation : la réponse vous est donnée par les 2 signes zodiacaux sortis en même temps que la réponse clé.

- Si celle-ci est OUI, des personnes vont intervenir positivement dans la réalisation favorable de votre projet et elles vont vous aider. Les signes astrologiques vous indiquent qui sont ces personnes. Vous pouvez savoir si l'une des deux sera plus déterminante que l'autre : pour cela il vous faut reprendre les 2 Dés Zodiacaux dans la main gauche et les jeter 7 fois. Celui des deux signes précédents qui apparaît alors avec le plus de fréquence indique laquelle des deux personnalités sera celle dont l'influence vous sera la plus bénéfique dans la réalisation favorable de votre projet.

● Si celle-ci est NON, des personnes vont avoir une influence négative dans la réalisation de votre projet et risquent soit de le freiner soit de le rendre plus difficile. En procédant comme précédemment vous pouvez déterminer laquelle de ces deux personnes aura le rôle le plus déterminant.

● Si vous avez obtenu votre réponse en un nombre de lancers pairs : 2, 4, 6, cela indique un potentiel de chances complémentaires à votre avantage qui peut, soit accélérer l'influence bénéfique de tiers, soit au contraire atténuer l'effet négatif de manœuvres défavorables menées à votre encontre.

● Si vous avez obtenu votre réponse en un nombre de lancers impairs : 1, 3, 5, 7, cela indique un renforcement des tendances négatives et défavorables, freinant les amitiés qui pourraient vous être utiles.

3. De quelle nature seront les problèmes éventuels que vous rencontrerez pour la réalisation de votre projet ?

Prenez le Dé Zodiacal portant votre signe et le Dé Présage, dans la main gauche.

Jetez les 2 dés ensemble jusqu'à ce que votre signe astrologique apparaisse.

Notez le nombre de lancers qu'il vous a fallu effectuer : pair ou impair.

Prenez alors, dans la main gauche, le Dé Zodiacal pair ou impair (selon l'indication obtenue précédemment) et le Dé Présage.

— Le Dé Zodiacal pair est celui des signes pairs .

- TAUREAU
- CANCER
- VIERGE
- etc.

— Le Dé Zodiacal impair est celui des signes impairs :

- BÉLIER
- GÉMEAUX
- LION
- etc.

Jetez les 2 dés ensemble jusqu'à ce qu'apparaisse l'une des deux réponses clé du Dé Présage : OUI ou NON.

Le signe zodiacal sorti en même temps que la réponse clé vous permet de connaître, en fonction de celle-ci (positive ou négative) de quelle nature seront les problèmes que vous serez amené à rencontrer et à résoudre pour la réalisation de votre projet.

- **Balance.**

OUI : Problèmes de préséance et de courtoisie : attention de ne pas vexer ou blesser autrui par manque de psychologie.

NON : Il est indispensable de vous mettre à la place de votre partenaire ou de votre adversaire : attention à une certaine forme de superstition.

● **Bélier.**

OUI : Méfiez-vous des élans impétueux risquant de vous faire dire ce que vous ne pensez pas ou agir différemment de ce que vous deviez faire.

NON : Un fait vous sera brutalement révélé et risque de provoquer un effet en retour pouvant bouleverser vos plans : indispensable de garder votre calme.

● **Cancer.**

OUI : Le silence et la patience joueront pour vous si vous savez les manier avec habileté.

NON : La situation risque de se détériorer : évitez le pourrissement du conflit s'il existe : cela ne pourrait que vous être défavorable.

● **Capricorne.**

OUI : La rigueur seule peut vous permettre de surmonter vos difficultés. Ne sombrez pourtant pas dans l'abstraction et restez concret.

NON : Au nom de principes plus ou moins discutables, vous risquez de perdre le bénéfice de votre initiative : ne laissez pas aux arguments opposés aux vôtres le temps de mûrir.

● **Gémeaux.**

OUI : Vous allez connaître des problèmes psychiques tenant à une impossibilité de synthèse.

NON : Méfiez-vous de votre intuition. elle risque pour une fois d'être mauvaise conseillère.

● **Lion.**

OUI : Dans cette affaire votre influence peut confiner à une sorte de rayonnement : cela provoquera des jalousies que vous devrez résorber avant qu'elles ne soient en mesure de vous nuire.

NON : Vous allez connaître des problèmes de personnes touchant à l'orgueil et à l'amour-propre. Bannissez tout faste de vos agissements si vous ne voulez pas vous attirer des inimitiés farouches et peut-être destructrices.

● **Poissons.**

OUI : Aussi paradoxal que cela puisse vous paraître, vous allez connaître des problèmes nés de votre gentillesse et de votre bonté.

NON : Attention à votre santé : c'est sur ce plan que votre projet risque d'être contrarié : surveillez attentivement votre état physique.

● **Sagittaire.**

OUI : Plus vous serez renfermé sur vous-même et plus vous rencontrerez de difficultés. Au contraire, plus vous serez ouvert et confiant plus vous aurez de chances de réussir dans ce qui vous tient à cœur.

NON : Méfiez-vous de votre esprit d'indépendance : il peut mettre des personnes extrêmement utiles contre vous et contre votre projet.

● **Scorpion.**

OUI : Vos problèmes vont naître d'une sorte d'indiscipline viscérale qui vous anime en ce moment :

attention à ne pas prendre trop de détours et à
ne pas faire trop de secrets : ils détacheraient de
vous des personnes qui peuvent vous aider.

NON : Vous portez en vous votre propre destruction et
si vous n'y prenez pas garde vous réduirez à néant
tous les efforts que vous avez faits jusqu'à présent
pour faire aboutir votre projet. Seule l'opiniâtreté
peut vous aider.

● **Taureau.**

OUI : Votre volonté de puissance va vous nuire car elle
est trop apparente et va effrayer les individus avec
lesquels vous voulez mener à bien votre projet.

NON : Vous allez connaître des difficultés financières et
ce sont elles qui risquent de contrecarrer votre
projet. Méfiez-vous également de votre obstination.

● **Verseau.**

OUI : Se mettre à la place des autres, à mauvais escient,
peut être aussi négatif que l'attitude contraire
dans d'autres cas : méfiez-vous de votre univer-
salité qui ne vous crée pas que des amis.

NON : Des problèmes affectifs vous guettent : attention à
la brusquerie et à la colère, l'une et l'autre ne
pourraient que réduire à néant les efforts que vous
déployez depuis des mois.

● **Vierge.**

OUI : Vous devez mettre en harmonie votre vie intérieure et vos aspirations profondes, faute de quoi vous vous sentirez déséquilibré et ne pourrez pas réussir votre projet.

NON : Attention à la dispersion : vous vous donnez un mal fou dans trop de directions différentes, ce qui est contraire à toute efficacité.

3 b. Quand ce projet se réalisera-t-il?

Voir chapitre VII.4.

4. Quels types de projets pouvez-vous faire avec le plus de chances de succès?

Prenez dans la main gauche le Dé Zodiacal portant votre signe, et le Dé Présage.

Jetez les 2 dés ensemble jusqu'à ce qu'apparaisse votre signe astrologique.

Notez la couleur de la réponse clé du Dé Présage ainsi que son coefficient positif ou négatif.

Prenez ensuite dans la main gauche les 2 Dés Zodiacaux.

Jetez-les jusqu'à ce qu'ils apparaissent avec deux signes de même couleur que celle indiquée précédemment par le Dé Présage.

La réponse à votre interrogation vous est donnée par la correspondance entre les 12 signes zodiacaux et les 4 éléments naturels : EAU, AIR, TERRE, FEU, et le paramètre complémentaire du coefficient positif ou négatif du Dé Présage.

Les équivalences des 12 signes sont les suivantes :

TABLEAU DES RÉPONSES

Signes des Dés Zodiacaux		Coefficient Dé Présage	Réponse
AIR	TERRE	+	1
AIR	TERRE	−	2
AIR	EAU	+	3
AIR	EAU	−	4
FEU	TERRE	+	5
FEU	TERRE	−	6
FEU	EAU	+	7
FEU	EAU	−	8

- Signes d'AIR   = Gémeaux, Balance, Verseau
- Signes de TERRE = Taureau, Vierge, Capricorne
- Signes d'EAU   = Cancer, Scorpion, Poissons
- Signes de FEU   = Bélier, Lion, Sagittaire

1. Vous pouvez entreprendre tous travaux concrets et matériels à implications intellectuelles, exemple : des plans d'architecture, des mémoires juridiques, des rapports de synthèse sur une activité commerciale, etc.

2. Des travaux purement manuels seront couronnés de succès à condition qu'ils ne soient pas du domaine artistique. Vous pouvez mener à bien la construction ou la réfection d'une maison par exemple.

3. Les projets qui vous sourient le plus sont ceux de voyages et de déplacements lointains.

4. Vous pouvez entreprendre de petits voyages avec succès.

5. La chance est avec vous dans tout ce qui est du domaine de la création, qu'elle soit artistique ou même simplement professionnelle (nous l'appellerons « innovation »).

6. Bonne chance également dans les créations, mais plus matérielles, et pouvant toucher aux domaines de la finance et des affaires.

7. Vous réussirez dans tout ce qui est ésotérique, littéraire et d'une façon générale plus abstrait que concret ou pratique.

8. Succès dans vos réflexions personnelles, vos efforts de synthèse et de recherche philosophiques.

VI. VOYAGES ET DÉPLACEMENTS

1. Avec qui devez-vous partir de préférence?

2. Vous partez avec Untel, est-ce bien?

2 b. Quelles sont les périodes favorables ou défavorables pour entreprendre votre voyage?

3. Votre destination est-elle bien choisie pour réussir votre voyage?

4. A l'époque où vous avez prévu de partir en voyage, quel est le moyen de locomotion le plus sûr?

5. Vous devez effectuer un voyage en avion, en bateau ou en voiture : quelle est l'époque la plus favorable?

1. Avec qui devez-vous partir de préférence?

1. Prenez dans la main gauche les 2 Dés Zodiacaux et le Dé Présage.

Lancez ensemble les 3 dés jusqu'à ce qu'apparaisse la réponse clé OUI.

Notez les deux signes astrologiques indiqués par les Dés Zodiacaux.

2. Reprenez alors les 2 Dés Zodiacaux et lancez-les jusqu'à ce que votre signe zodiacal sorte, accompagné d'un des signes indiqués précédemment.

La réponse vous est alors donnée : c'est le signe de la personne avec laquelle vous avez le plus de chances de réussir un voyage parfait, sur tous les plans.

● Si au cours de la première partie de l'interrogation vous avez fait sortir, en même temps que la réponse clé OUI votre signe astrologique, le second signe indiqué par l'autre Dé Zodiacal est celui de la personne qui répond à votre question. Dans ce cas la personne indiquée est en harmonie complète avec vous-même et elle vous permettra de passer un séjour ou des vacances absolument remarquables.

● Si au cours de la seconde partie de l'interrogation il vous a fallu plus de 13 lancers pour faire apparaître votre signe zodiacal, vous devez faire extrêmement attention car la personne dont le signe vous a enfin été révélé n'est qu'un pis-aller : en fait, vous ne profiterez pleinement de votre voyage qu'en le faisant seul et vous ne devez pas attendre d'une tierce personne la clé de sa réussite.

2. Vous devez partir en voyage avec une personne déterminée. Est-ce bien?

a) Prenez le Dé Zodiacal portant le signe de la personne avec laquelle vous devez partir, ainsi que le Dé Présage.

Jetez les 2 dés ensemble jusqu'à ce que le signe de cette personne apparaisse.

Notez la réponse clé du Dé Présage. Si vous avez obtenu la réponse neutre CONSULTEZ A NOUVEAU, relancez le Dé Présage seul jusqu'à obtention d'une réponse nette.

b) Prenez ensuite le Dé Zodiacal portant votre signe, ainsi que le Dé Présage.

Jetez les 2 dés ensemble jusqu'à ce que votre signe apparaisse.

Notez également la réponse clé du Dé Présage et relancez le Dé Présage seul si vous avez obtenu la réponse clé neutre CONSULTEZ A NOUVEAU.

La réponse à votre interrogation vous est donnée en fonction du couple de réponses clés obtenues en *a*) et *b*). *(Voir tableau page suivante).*

1. La personne avec laquelle vous envisagez de faire ce voyage est la personne rêvée. Vous êtes assuré d'une entente parfaite et d'une complète réussite.

2. Les chances sont également de votre côté quoique avec de légères réticences, peut-être inconscientes d'ailleurs, vous concernant.

3, 4. La personne avec laquelle vous devez partir est ravie de ce projet de voyage avec vous : si des problèmes apparaissent, ils seront de votre fait et non du sien : surveillez-vous et réfrénez vos accès de mauvaise humeur.

Réponse clé concernant la personne	Réponse clé vous concernant	Réponse à votre question
OUI	OUI	1
OUI	CONFIANCE - OSEZ	2
OUI	NON	3
OUI	MÉFIANCE	4
CONFIANCE ou OSEZ	OUI	5
CONFIANCE ou OSEZ	CONFIANCE - OSEZ	6
CONFIANCE ou OSEZ	NON	7
CONFIANCE ou OSEZ	MÉFIANCE	8
NON	OUI	9
NON	CONFIANCE - OSEZ	10
NON	NON	11
NON	MÉFIANCE	12
MÉFIANCE	OUI	13
MÉFIANCE	CONFIANCE - OSEZ	14
MÉFIANCE	NON	15
MÉFIANCE	MÉFIANCE	16

5. La personne est un peu hésitante : c'est à vous de la convaincre et de la rassurer.

6. Il semble que vous soyez l'une et l'autre hésitantes et pas très sûres du bien-fondé de votre voyage : sachez pourtant qu'il se présente sous des auspices favorables.

7, 8. Face à une personne légèrement hésitante quoique confiante à votre égard, vous affichez une sorte de hargne que rien ne justifie et qui peut conduire tout droit à l'échec de votre voyage.

9, 10. Vous n'avez pas du tout la même opinion sur la nécessité d'entreprendre ce voyage : la personne est contre et vous êtes pour : son succès dépendra donc des compromissions que vous accepterez de faire l'une et l'autre.

11. Il ne peut rien sortir de bon à entreprendre ce voyage dans les conditions astrales qui sont les vôtres à l'heure actuelle. La sagesse serait de remettre votre projet.

12. Vous êtes méfiant et la personne est carrément hostile à ce projet de voyage. Mieux vaut donc surseoir.

13. Si vous parvenez à faire partager votre optimisme et votre enthousiasme à votre compagnon, vous pouvez réussir ce voyage : les atouts sont dans votre main : à vous de savoir les utiliser.

14. Une petite chance de succès reste encore attachée à votre projet de voyage si vous parvenez à fléchir votre partenaire.

15, 16. Vous n'êtes, ni l'un ni l'autre, en phase pour accomplir dans des conditions satisfaisantes le voyage que vous projetez : mieux vaut le remettre ou le modifier.

2 b. Quelles sont les périodes favorables ou défavorables pour entreprendre votre voyage ?

Voir chapitre VII.1.

3. Votre destination est-elle bien choisie pour réussir le voyage que vous avez prévu?

Pour connaître la réponse à cette interrogation, vous devez tenir compte de votre NOMBRE ITINÉRANT tel qu'il vous est donné par le tableau suivant en fonction du lieu où vous devez vous rendre.

Votre destination	Nombre itinérant
— FRANCE	
Nord	9
Est	13
Centre	7
Sud Méditerranéen	11
Sud-Sud-Ouest	8
Ouest	5
Bassin Parisien	10
Alpes-Pyrénées	14
— ESPAGNE	5
— BALÉARES	15
— PORTUGAL	12
— SICILE	11
— ITALIE	13
— SARDAIGNE	6
— CORSE	7
— ANGLETERRE	14
— ÉCOSSE	17
— IRLANDE	9
— DANEMARK	16
— SUÈDE	19
— NORVÈGE	15
— FINLANDE	12
— GRÈCE	8
— ALLEMAGNE	10

Votre destination	Nombre itinérant
— POLOGNE	7
— AUTRICHE	16
— YOUGOSLAVIE	21
— SUISSE	20
— HOLLANDE	18
— AFRIQUE DU NORD	17
— AFRIQUE DU SUD	23
— AFRIQUE DU CENTRE	15
— AMÉRIQUE DU NORD	25
— AMÉRIQUE DU SUD	28
— U.R.S.S. et Républiques Socialistes	24
— ISRAEL	13
— PAYS ARABES autres qu'Afrique du Nord	22
— Tous les autres pays non répertoriés :	
HÉMISPHÈRE NORD	18
HÉMISPHÈRE SUD	24

Connaissant votre nombre itinérant, vous jetez les 3 dés l'un après l'autre dans l'ordre suivant :

1. le Dé Zodiacal portant votre signe astrologique,

2. le Dé Présage,

3. le second Dé Zodiacal,

4. le Dé Présage,

5. le premier Dé Zodiacal,

et ainsi de suite jusqu'au nombre de lancers correspondant à votre nombre itinérant.

Exemple :

Si vous allez en Corse, votre nombre itinérant est 7. Vous lancez donc en premier votre Dé Zodiacal (portant votre signe), puis le Dé Présage, puis l'autre Dé Zodiacal, puis le Dé Présage, puis le premier Dé Zodiacal, puis le Dé Présage, puis le deuxième Dé Zodiacal.

Arrivé au dernier lancer, vous vous arrêtez, quel que soit le dé que vous ayez lancé en dernier.

La réponse à votre interrogation vous est donnée par la réponse clé du Dé Présage telle qu'elle est apparue la dernière fois que vous l'avez jeté et par la combinaison des couleurs des 3 dés (les 2 Dés Zodiacaux et le Dé Présage).

TABLEAU DES RÉPONSES PRIMAIRES
(en fonction de la couleur des 3 dés)

● Rouge	Rouge	Rouge	1
● Vert	Vert	Vert	2
● Bleu	Bleu	Bleu	3
● Bleu	Rouge	Rouge	4
● Bleu	Bleu	Rouge	5
● Bleu	Rouge	Vert	6
● Bleu	Bleu	Vert	7
● Rouge	Vert	Vert	8
● Rouge	Rouge	Vert	9
● Vert	Vert	Bleu	10

Nota :

Seul compte le nombre de couleurs et non leur répartition en fonction des dés (Dés Zodiacaux ou Dé Présage.)

1, 2, 3. Le lieu que vous avez choisi pour votre voyage convient particulièrement à votre coefficient plané-

taire général et vous êtes assuré d'y passer un très agréable séjour, surtout si la réponse du Dé Présage était positive (Oui, Confiance, Osez).
Si cette réponse était négative (Non, Méfiance), ou neutre (Consultez à nouveau), vous devrez vous méfier des premières impressions et ne pas laisser paraître un désappointement qui ne sera que passager.

6. Le choix de votre destination n'est pas excellent : si votre Dé Présage était négatif, vous êtes assuré de rencontrer sur place des problèmes ennuyeux. S'il était positif, cela signifie que vous aurez des déceptions par le fait de personnes que vous rencontrerez sur place.

7, 10. Vous allez faire connaissance d'une personne appelée à jouer un grand rôle dans votre vie, surtout si le Dé Présage était positif ou neutre.
S'il était négatif, l'influence de cette personne ne sera que passagère.

4, 9. Il n'est pas certain que le lieu que vous avez choisi soit l'idéal. Cela pour des raisons de tolérance physique si votre Dé Présage était négatif, ou pour des raisons d'ennuis matériels, s'il était neutre ou positif.

5. Si votre voyage est un voyage d'affaires vous avez toute chance de le réussir. S'il s'agit d'un voyage d'agrément, le choix du pays est plus discutable, surtout si vous avez obtenu une réponse du Dé Présage neutre ou négative.

8. Endroit parfait pour des vacances, mais nullement pour un déplacement professionnel. Attention aux affirmations erronées d'une tierce personne si votre Dé Présage était positif.

4. A l'époque où vous avez prévu de partir en voyage, quel est le moyen de locomotion le plus sûr?

a) Prenez dans la main gauche le Dé Zodiacal portant la période pendant laquelle vous avez programmé votre voyage.

Exemple :

Si celui-ci doit s'effectuer entre le 15 et le 20 mars, vous prenez le Dé Zodiacal portant le signe des Poissons. Prenez également le Dé Présage et lancez les 2 dés ensemble jusqu'à ce que la période considérée apparaisse (dans notre exemple il s'agit donc de faire apparaître le signe des Poissons). Notez la couleur du Dé Présage.

b) Jetez à présent les 2 Dés Zodiacaux jusqu'à ce que l'un des deux « sorte » dans la même couleur que le Dé Présage en *a*).

c) Le Dé Zodiacal apparu dans la même couleur vous donne la réponse à votre interrogation, selon qu'il s'agit du Dé Zodiacal des SIGNES PAIRS : vous le reconnaîtrez au fait qu'il porte le signe facilement identifiable de la Vierge, ou du Dé Zodiacal des SIGNES IMPAIRS : vous le reconnaîtrez au signe de la Balance.

- Si le dé impair (Bélier, Gémeaux, Lion, etc.) est sorti, c'est le dé des signes de feu, mais surtout des signes d'air : cela signifie donc que le moyen de locomotion le plus recommandé, en ce qui vous concerne et à l'époque considérée, est l'avion.

- Si le dé pair (Taureau, Cancer, Vierge, etc.) est sorti, c'est le dé des signes d'eau et de terre. Vous devez alors déterminer lequel de ces deux types de signes est prépondérant dans l'interrogation présente. Pour cela, prenez dans la main gauche le Dé Zodiacal des signes pairs (Taureau, Cancer, Vierge, etc.) et le Dé Présage.

Jetez les 2 dés ensemble jusqu'à ce que la réponse clé OUI apparaisse.

La réponse vous est alors donnée par le signe « sorti » en même temps que cette réponse clé :

- — Taureau
- — Vierge = **VOITURE ou TRAIN**
- — Capricorne

- — Cancer
- — Scorpion = **BATEAU**
- — Poissons

● Si en *b*) vous avez obtenu les 2 Dés Zodiacaux de la même couleur que le Dé Présage, cela signifie qu'à l'époque considérée, les moyens de locomotion classiques par air, terre ou mer sont équivalents et ne vous poseront pas de problème.

5. Vous devez prendre l'avion, le bateau ou la voiture... (le train étant sûr à priori!) : quelle est l'époque, ou les époques, qui vous seront les plus favorables?

a) Prenez dans la main gauche le Dé Zodiacal portant les signes types correspondant au moyen de locomotion que vous envisagez d'utiliser, à savoir :

- — Avion   Dé des signes impairs (Bélier, Gémeaux)
- — Bateau   Dé des signes pairs   (Taureau, Cancer)
- — Voiture Dé des signes pairs   (Taureau, Cancer)

et prenez également le **Dé Présage**.

b) Lancez ensemble les 2 dés jusqu'à ce qu'un des signes astrologiques correspondants apparaisse, à savoir :

— Avion = Gémeaux, Verseau, Balance
— Bateau = Cancer, Scorpion, Poissons
— Voiture = Taureau, Vierge, Capricorne

Notez alors la couleur du Dé Présage ainsi que sa réponse clé (positive ou négative). Si cette réponse est neutre (Consultez à nouveau), relancez le Dé Présage seul jusqu'à obtention d'une réponse nette.

c) Reprenez dans la main gauche les 2 Dés Zodiacaux et jetez-les jusqu'à ce que l'un d'eux sorte de la même couleur que celle indiquée par le Dé Présage en *b*).

La réponse à votre interrogation vous est donnée par l'époque (ou les deux époques si vous avez obtenu les 2 Dés Zodiacaux de la même couleur), indiquée sur le Dé Zodiacal.

Si en *b*) la réponse clé du Dé Présage était positive (+), cela signifie que l'époque indiquée est bénéfique pour un voyage effectué selon le mode de locomotion que vous avez prévu.

Si par contre la réponse clé était négative (—) cela signifierait que l'époque indiquée est mauvaise pour entreprendre un voyage utilisant le moyen de locomotion que vous aviez prévu.

VII. VOTRE CHANCE ET LE CALENDRIER

1. L'époque envisagée est-elle favorable ou défavorable?

2. Tel jour précis est-il favorable?

3. Quel peut être votre jour de chance de la semaine?

4. Quand tel événement attendu va-t-il se produire?
   — détermination de la période,
   — détermination du jour exact.

Les procédures d'interrogation regroupées dans ce chapitre peuvent être utilisées telles quelles ou dans le cadre de questions plus précises appartenant aux chapitres Amour, Santé, Travail, etc.

Elles permettent notamment de savoir quand un événement attendu ou redouté risque de se produire et quelles sont, pour un problème donné, l'époque ou les époques auxquelles la conjoncture astrale vous concernant sera la plus favorable et donc propice à la réussite de vos projets ou de vos affaires de cœur.

1. L'époque envisagée est-elle favorable ou défavorable?

Prenez dans la main gauche le Dé Zodiacal contenant le signe astrologique correspondant à la période qui fait l'objet de votre interrogation. *Exemple :* si celle-ci se situe aux environs du 15 septembre, le signe correspondant est celui de la Vierge.

Jetez ce Dé Zodiacal ainsi que le Dé Présage jusqu'à ce que le signe correspondant à la période apparaisse (dans notre exemple il s'agit donc de celui de la Vierge).

La réponse vous est donnée par les réponses clés du Dé Présage.

OUI : L'époque envisagée est totalement favorable et propice à la réalisation de votre souhait.

CONFIANCE : L'époque envisagée est favorable dans son ensemble.

OSEZ : L'époque envisagée peut déboucher sur de bonnes

chances de succès sans que celui-ci soit automatiquement assuré.

CONSULTEZ A NOUVEAU : L'époque n'est apparemment pas bénéfique : relancez cependant le Dé Présage seul. Si vous obtenez un OUI, vous pouvez considérer que la date envisagée vous sera finalement favorable, après quelques difficultés ou atermoiements passagers. Si vous obtenez une autre réponse, cela signifie que la chance n'est pas véritablement avec vous au cours de cette période.

MÉFIANCE : L'époque n'est pas la meilleure pour la réussite ou le succès de votre entreprise, et ce quel que soit son domaine.

NON : L'époque envisagée n'est pas bonne. Votre chance, à ce moment précis, vous sera contraire et ne permettra pas la réalisation de ce que vous attendez.

2. Tel jour est-il favorable?

a) Prenez dans la main gauche le Dé Zodiacal portant la période correspondant à la date qui fait l'objet de votre interrogation, ainsi que le Dé Présage.

b) Jetez les 2 dés ensemble autant de fois que le NOMBRE CALENDAIRE tel qu'indiqué sur le tableau de la page suivante.

Exemple :

Si la date qui fait l'objet de votre interrogation est le 15 octobre, vous prenez le Dé Zodiacal portant le signe de la Balance, qui est donc votre signe clé puisque la période astrologique de la Balance englobe la date du 15 octobre, et vous jetez simultanément le Dé Zodiacal et le Dé Présage 9 fois, 9 étant le nombre calendaire correspondant à la date du 15.

Dates	Nombre calendaire	Dates	Nombre calendaire
1	6	17	12
2	5	18	4
3	4	19	7
4	9	20	14
5	8	21	10
6	7	22	7
7	6	23	8
8	8	24	11
9	9	25	9
10	10	26	12
11	11	27	14
12	12	28	13
13	13	29	16
14	5	30	15
15	9	31	13
16	8		

c) La réponse à votre interrogation est celle obtenue sur le Dé Présage lors de la dernière lancée (la neuvième dans notre exemple du 15 octobre). A chaque lancer il vous faut également noter le nombre de fois où le signe astrologique clé correspondant à la période en question sera sorti (dans notre exemple, il s'agit du signe de la Balance).

OUI : signifie que le jour en question sera très favorable.

OSEZ et CONFIANCE : signifie que ce jour est favorable dans son ensemble, mais pas forcément d'une manière égale sur tous les plans.

CONSULTEZ A NOUVEAU : minore la réponse positive qui peut suivre ou augmente le côté défavorable d'une réponse négative. Dans tous les cas vous devez relancer le Dé Présage seul jusqu'à obtention d'une réponse positive ou négative.

MÉFIANCE : signifie que ce jour ne vous sera pas particulièrement favorable.

NON : indique que le jour en question n'est pas votre jour de chance et qu'il n'est pas favorable, dans son ensemble, à la réalisation de vos projets ou de vos affaires, quelle qu'en soit leur nature.

Pour connaître la partie de la journée qui sera la plus favorable ou la plus défavorable, compte tenu de l'indication générale obtenue précédemment, vous devrez tenir compte du nombre de fois où le Dé Zodiacal sera sorti avec le signe clé de la période correspondante.

● Si ce nombre est PAIR, cela signifie que la seconde partie de la journée (entre midi et minuit) vous sera la plus favorable, ou défavorable (en fonction de la réponse globale obtenue).

● Si ce nombre est IMPAIR, cela signifie que c'est la première partie de la journée (entre minuit et midi) qui sera soit favorable soit défavorable.

3. Quel est le jour de la semaine qui peut vous être le plus favorable, ou, au contraire, le plus défavorable ?

Cette interrogation est basée sur les correspondances géomantiques existant entre les 12 signes astrologiques et les 7 jours de la semaine.

Le tableau de ces correspondances est le suivant :

- Lundi   = Cancer
- Mardi   = Scorpion et Bélier
- Mercredi   = Gémeaux et Vierge
- Jeudi   = Sagittaire et Poissons
- Vendredi   = Taureau et Balance
- Samedi   = Capricorne et Verseau
- Dimanche   = Lion

En principe, et d'une façon générale, les jours les plus riches en possibilités de toutes sortes se répartissent donc comme suit en fonction de chacun des 12 signes zodiacaux.

- Bélier   = Mardi
- Taureau   = Vendredi
- Gémeaux   = Mercredi
- Cancer   = Lundi
- Lion   = Dimanche
- Vierge   = Mercredi
- Balance   = Vendredi
- Scorpion   = Mardi
- Sagittaire = Jeudi
- Capricorne = Samedi
- Verseau   = Samedi
- Poissons   = Jeudi

Pour connaître, grâce à l'Astredé, le jour de la semaine où la chance vous sera la plus bénéfique (ou au contraire risque de vous être la plus contraire), vous devez procéder comme suit :

Prenez dans la main gauche les 3 dés : les 2 Dés Zodiacaux et le Dé Présage.

Jetez les 3 dés ensemble jusqu'à ce qu'apparaisse l'un (ou les 2) des Dés Zodiacaux de la même couleur que le Dé Présage.

Si vous avez obtenu la réponse neutre CONSULTEZ A NOUVEAU, relancez le Dé Présage seul jusqu'à obtention d'une réponse affirmée, positive ou négative.

La réponse à votre interrogation vous est donnée par le signe astrologique qui est apparu de la même couleur que le Dé Présage.

Exemple : Si celui-ci est Sagittaire, le jour est le jeudi.

Vous saurez si ce jour sera faste ou au contraire défavorable selon que la réponse clé du Dé Présage aura été positive (Oui, Osez, Confiance), ou négative (Méfiance, Non).

Si les 2 Dés Zodiacaux sortent de la même couleur que le Dé Présage, cela indique que les deux jours figurés par les deux signes astrologiques seront pour vous, soit favorables (si le Dé Présage a donné une réponse positive), soit défavorables (si le Dé Présage a donné une réponse négative).

4. Quand tel événement précis va-t-il se produire?

1. Détermination de la période.

Prenez dans la main gauche le Dé Zodiacal portant votre signe astrologique et le Dé Présage.

Lancez les 2 dés ensemble jusqu'à ce qu'apparaisse votre signe.

Notez alors la couleur du Dé Présage et le nombre de lancers qu'il vous a fallu effectuer pour faire sortir votre signe de naissance.

Prenez ensuite dans la main gauche les 2 Dés Zodiacaux et lancez-les jusqu'à ce que l'un d'entre eux (ou les deux) sorte avec la même couleur que celle obtenue précédemment sur le Dé Présage.

Le signe zodiacal correspondant vous indique la période pendant laquelle le fait qui est l'objet de votre interrogation, se produira.

Si au cours des premiers lancers vous avez fait sortir votre signe zodiacal en moins de 6 lancers, cela signifie que la période qui vous est indiquée est comprise dans les 12 mois à venir. A ce délai, il vous faut ajouter une année par 4 lancers supplémentaires.

Exemple : Si vous avez fait apparaître votre signe de naissance en 10 lancers et que la période indiquée soit celle du Bélier (21 mars-19 avril), l'événement attendu se produira entre le 21 mars et le 19 avril de la période s'étendant entre le jour de votre interrogation et 24 mois (1 an pour les 6 premiers lancers et 1 année supplémentaire pour les 4 lancers qui ont suivi).

2. Détermination du jour exact.

a) Prenez le Dé Zodiacal portant le signe astrologique correspondant à la période considérée (que vous connaissez ou que vous avez déterminé selon le processus du paragraphe précédent).

Notez soigneusement la couleur de ce signe sur le Dé Zodiacal.

Exemple : Si la période est celle s'étendant du 1er au 15 octobre, le signe correspondant est celui de la Balance : couleur clé = vert.

b) Jetez ce Dé Zodiacal et le Dé Présage autant de fois que nécessaire pour qu'apparaissent à la fois le signe clé de la période (Balance dans notre exemple), et une réponse clé du Dé Présage dans la même couleur (confiance ou méfiance dans notre exemple).

c) Notez le nombre de lancers que vous avez dû effectuer en *b*) : il vous donne le chiffre des unités :

- S'il est égal ou inférieur à 9, c'est le chiffre des unités que vous devez retenir.

Exemple : 5 lancers vous ont été nécessaires pour faire sortir le Dé Présage dans une réponse clé de couleur verte (Confiance ou Méfiance), 5 est le chiffre des unités de la date que vous recherchez.

● S'il est supérieur à 9, vous devez additionner les deux nombres pour obtenir le chiffre des unités.

Exemple : 15 lancers = 1 + 5 = 6.

● S'il est égal à 13, le chiffre des unités est 0.

d) Prenez ensuite les 3 dés dans la main gauche (les 2 Dés Zodiacaux et le Dé Présage), et jetez-les ensemble jusqu'à ce que l'un d'entre eux, deux, ou les trois, sortent de la même couleur que le Dé Zodiacal portant le signe de la période *a).*

— Un seul dé dans la couleur clé (quel que soit le dé) indique que la dizaine est 10... Vous l'ajouterez au chiffre obtenu en *b)* — nombre de lancers — pour avoir la date exacte que vous cherchez.

Exemple : Si le nombre de lancers en *b)* était de 7, la date est 17.

— Un seul dé dans la couleur clé, ce dé étant le Dé Présage, indique que la dizaine est 0... La date est donc un nombre de 1 chiffre qui est celui obtenu en *b).*

— Deux dés dans la couleur clé (quels que soient les dés) indiquent que la dizaine est 20... Vous l'ajoutez au chiffre obtenu en *b).*

Exemple : 7 + 20 = 27.

— Trois dés dans la couleur clé, indiquent que la dizaine est 30, seulement si le nombre de lancers en *b)* était de 1 ou de 13.

Dans tous les autres cas, vous devez ajouter 30 au nombre obtenu en *b),* et retrancher du total 31 pour obtenir la date que vous recherchez.

Exemple : 7 en *b)* avec les 3 dés de la couleur clé, donne 7 + 30 = 37 et 37 — 31 = 6. Ce dernier nombre est celui de la date.

VIII. VOTRE HOROSCOPE QUOTIDIEN EN FONCTION DES QUATRE CRITÈRES

- Amour.

- Santé.

- Travail.

- Argent.

Qu'on le veuille ou non il y a des jours où la chance vous sourit, où tout ce que l'on entreprend réussit et où il apparaît nettement que les Astres vous sont favorables.

Parfois, c'est un domaine bien particulier qui semble voué au succès tandis que deux ou trois autres connaissent au contraire des difficultés ou des contrariétés diverses.

De tous temps l'homme s'est inquiété de son Futur proche et il a recherché — grâce à l'astrologie notamment — à connaître à l'avance de quoi demain serait fait et quelle serait sa chance.

Les horoscopes des journaux ou des magazines, établis par jour, par semaine ou par mois et en fonction des douze signes astrologiques de base, ne visent pas autre chose. Il apparaît cependant que ces horoscopes, dans leur grande majorité, sont fort incomplets et fort aléatoires puisqu'ils ne tiennent aucun compte de la personnalité ou du coefficient de chance personnel de l'intéressé.

La méthode proposée par l'Astredé permet de pallier cet inconvénient en faisant réaliser par l'intéressé lui-même son propre horoscope. Les dés, influencés peu ou prou par le fluide de l'individu, sont donc le reflet précis de faits et d'éléments médiumniques que chacun de nous possède en lui, parfois même en doses infinitésimales et inconsciemment.

L'horoscope quotidien et strictement personnel qui peut donc se faire par le procédé de l'Astredé est d'ailleurs susceptible d'être complété et affiné sur tel ou tel point particulier en faisant appel aux techniques d'interrogations décrites dans les chapitres précédents et qui se rapportent à un domaine précis (sentiments, travail, projets, etc.).

1. Connaissant votre signe astrologique, prenez le Dé Zodiacal sur lequel il est inscrit et, de la main gauche,

après vous être concentré une minute au moins, le poing serré sur le dé, jetez ce dé autant de fois que nécessaire pour faire apparaître votre signe.
Le nombre de lancers qu'il vous a fallu effectuer est votre NOMBRE DU JOUR ou CHIFFRE CLÉ.

— S'il est compris entre 1 et 13, vous le conservez tel.
— S'il est supérieur à 13, vous lui ôtez 11 pour obtenir votre chiffre clé. *Exemple :* il vous a fallu 16 lancers pour faire sortir votre signe zodiacal : 16 — 11 = 5. *5 est votre chiffre clé.*

2. Vous procédez ensuite à l'interrogation proprement dite, domaine par domaine, en observant attentivement le nombre de lancers à effectuer avec le DÉ PRÉSAGE SEUL.
Ce nombre vous est donné par le nombre indiqué dans le tableau ci-après auquel vous ajoutez votre chiffre clé obtenu en 1.

Signes	Amour	Santé	Travail	Argent
BÉLIER	2	6	7	5
TAUREAU	4	3	1	2
GÉMEAUX	1	5	3	4
CANCER	5	1	4	6
LION	7	4	2	5
VIERGE	2	5	6	1
BALANCE	6	2	5	2
SCORPION	3	2	1	7
SAGITTAIRE	1	7	4	3
CAPRICORNE	4	3	5	6
VERSEAU	5	3	7	4
POISSONS	3	6	2	7

Exemple : Vous êtes du signe zodiacal du Verseau, il vous a fallu 8 lancers en 1. pour faire sortir ce signe : votre chiffre clé est donc 8.

Vous prenez alors le Dé Présage dans votre main gauche et le jetez :

- 5 + 8 = 13 fois pour le domaine Amour,
- 3 + 8 = 11 fois pour le domaine Santé,
- 7 + 8 = 15 fois pour le domaine Travail,
- 4 + 8 = 12 fois pour le domaine Argent.

3. Seules les réponses clés apparaissant au dernier lancer que vous effectuez comptent. Si vous obtenez la réponse neutre CONSULTEZ A NOUVEAU, vous relancez le Dé Présage jusqu'à obtention d'une réponse tranchée. Vous prenez en considération, pour chacune des quatre interrogations successives et complémentaires, uniquement le coefficient positif ou négatif de la réponse clé et non son libellé.

- Les réponses positives, +, sont : OUI, OSEZ, CONFIANCE.

- Les réponses négatives, —, sont : NON, MÉFIANCE.

Exemple : Vous êtes donc du signe du Verseau, votre chiffre clé était 8 et vous avez jeté le Dé Présage seul, 13, 11, 15 et 12 fois.

- en Amour, vous avez obtenu OSEZ, c'est-à-dire +,

- en Santé, vous avez obtenu NON, c'est-à-dire —,

- en Travail, vous avez obtenu MÉFIANCE, c'est-à-dire —,

- en Argent, vous avez obtenu OUI, c'est-à-dire +.

L'équation significative de votre horoscope est donc : + — — + soit la réponse X du tableau des significations.

4. Tableau des Significations.

Amour	Santé	Travail	Argent	
+	+	+	+	I
+	+	+	−	II
+	+	−	−	III
+	−	−	−	IV
−	−	−	−	V
−	−	−	+	VI
−	−	+	+	VII
−	+	+	+	VIII
+	−	+	−	IX
+	−	−	+	X
+	+	−	+	XI
+	−	+	+	XII
−	+	−	+	XIII
−	+	+	−	XIV
−	−	+	−	XV
−	+	−	−	XVI

L'horoscope personnel ainsi réalisé est valable pour une durée de vingt-quatre heures, pour une semaine ou pour une période plus longue. Pour le savoir, il vous faut vous reporter au nombre initial de lancers qu'il vous a fallu effectuer pour obtenir votre chiffre clé.

• Si ce nombre est compris entre 1 et 6, l'horoscope dont vous entreprenez la réalisation est valable pour une durée d'une semaine à partir de 0 heure (immédiatement après l'heure à laquelle vous procédez à votre interrogation).

- Si ce nombre est 7, 8 ou 9, l'horoscope est celui des prochaines vingt-quatre heures.

- Si ce nombre est supérieur à 9, l'horoscope concerne une période de 28 jours à dater des prochaines 0 heures faisant immédiatement suite à l'heure où vous réalisez votre interrogation.

Les 16 figures de votre horoscope personnel.

I. (+ + + +) La période qui s'ouvre devant vous est exceptionnellement bénéfique et va vous être favorable sous tous les aspects. Vous allez, soit rencontrer un être qui deviendra très important pour vous, soit renforcer d'une manière durable des liens qui existent déjà. Votre santé sera excellente et vous vous trouverez au sommet de votre forme physique. Votre vie professionnelle ne vous posera aucun problème et sera source de revenus et de profits importants.

II. (+ + + —) Vous allez avoir beaucoup de chance durant cette période et de la chance couvrant les principaux domaines, à l'exception de celui des finances. Votre activité, sans être source de profits exceptionnels sera cependant parfaitement bénéfique. Votre santé sera bonne et dans votre vie sentimentale vous ferez, soit une importante rencontre, soit vous renforcerez des liens qui vous unissent déjà à une personne chère.

III. (+ + — —) Il va y avoir deux pôles très distincts et très dissemblables dans votre existence durant la prochaine période qui s'ouvre devant vous. Du point de vue sentiments et santé, rien de négatif, au contraire : vous serez en bonne forme physique et n'éprouverez aucune contrariété dans votre vie affective. En revanche, votre vie professionnelle risque de connaître certaines difficultés débouchant sur des ennuis d'argent pouvant être sérieux.

IV. (+ — — —) Vous allez traverser une période difficile sur bien des plans. En premier lieu il semble que vous ayez des ennuis de santé, lesquels vont se répercuter sur votre activité professionnelle et vous causer un certain nombre de problèmes. Il est au reste fort probable que cette crise débouchera sur des ennuis financiers pouvant être assez graves si vous ne prenez pas à l'avance toutes les mesures qu'il convient. Un domaine pourtant reste bénéfique dans votre conjonction astrale, c'est celui des sentiments et de votre vie affective. Vous trouverez chez vous ou auprès des êtres qui vous sont chers le réconfort et peut-être même les moyens de lutter contre la mauvaise passe guettant votre vie active.

V. (— — — —) Mieux vaut voir les choses en face et vous armer de patience et de courage : la chance n'est pas avec vous pendant toute la période considérée. En premier lieu vous aurez des ennuis sentimentaux qui vont influer sur votre travail en vous rendant nerveux et très vulnérable du point de vue santé. En second lieu, vous risquez de connaître dans votre travail des ennuis vous posant de graves problèmes d'argent.

VI. (— — — +) Vous allez traverser une période de crise familiale et affective avec des retentissements sur votre état de santé. Votre travail sera également perturbé mais sans gravité puisqu'à terme votre coefficient « argent » est positif et qu'il signifie donc une issue favorable. Vous devez donc essentiellement surveiller votre santé et votre vie sentimentale : attention : toute légèreté ou infidélité risque d'avoir en ce moment des conséquences très sérieuses.

VII. (— — + +) Votre vie, durant cette période, est régentée entre deux pôles distincts et antinomiques du point de vue chance et réussite. D'un côté votre santé et vos sentiments vont connaître des difficultés et quelques ennuis, de l'autre votre vie active, c'est-à-dire votre travail, va au contraire connaître des succès importants que corroboreront des rentrées d'argent.

VIII. (— + + +) La période que vous allez traverser va être très bénéfique sur tous les plans sauf peut-être celui de votre vie affective, sans que cela ne soit d'ailleurs plus grave que des petites brouilles ou disputes passagères. En revanche, votre santé sera bonne et votre travail se passera bien avec des finances saines et sans problème.

IX. (+ — + —) Bonne période pour votre vie sentimentale et votre vie professionnelle, avec cependant, en ce qui concerne cette dernière, quelques petites difficultés d'échéances. Surveillez votre santé qui risque d'être entachée par des affections bénignes mais irritantes (grippe, rhume, etc.).

X. (+ — — +) Pas de soucis d'amour, pas de soucis d'argent pendant la période considérée. En revanche, quelques problèmes dans vos affaires et du point de vue de votre santé. Vraisemblablement c'est votre travail qui sera la cause d'une hypertension et qui va vous fatiguer anormalement. Attention, plus qu'à toute autre chose, au surmenage.

XI. (+ + — +) La période que vous allez vivre est très favorable. Vos amours vont connaître un épanouissement certain qui rejaillira d'ailleurs sur votre forme physique et vous fera sentir en parfaite santé. Vous connaîtrez éventuellement certaines difficultés dans votre travail mais elles seront passagères et n'auront pas trait à l'essentiel.

XII. (+ — + +) Bonne période sur les plans travail, argent et vie sentimentale. Vous devez cependant surveiller votre santé. Bonnes chances de succès dans tous les projets liés à votre activité professionnelle.

XIII. (— + — +) Vous allez connaître une suite de joies et de déceptions et passer par une série d'humeurs différentes et contradictoires. Des difficultés sont à craindre dans vos relations affectives ainsi que dans celles de votre travail. En revanche, votre état de santé sera bon et à moyen terme vos initiatives sur le plan travail seront couronnées de succès.

XIV. (— + + —) Des ennuis d'argent et quelques difficultés dans votre vie sentimentale, tels sont les traits marquants de la prochaine période que vous allez vivre. Votre santé sera bonne et votre travail se déroulera sans anicroches, encore que vous serez sans cesse au bord d'ennuis financiers momentanés.

XV. (— — + —) Vous allez traverser une période difficile au cours de laquelle il vous faudra beaucoup de discipline et de courage. Votre santé ne sera pas excellente et vous risquez de vous fatiguer anormalement dans votre travail. Quelques ennuis d'argent sont à craindre malgré un courant d'affaires certain. Difficultés chez vous également, soit avec vos proches soit avec des amis qui vous sont chers.

XVI. (— + — —) Ennuis sentimentaux et difficultés dans votre travail risquent d'émailler la période que vous allez vivre. Vous connaîtrez vraisemblablement des ennuis d'argent liés à une mauvaise conjoncture professionnelle ou à des engagements que des tiers ne tiendront pas vis-à-vis de vous. Votre santé sera bonne et votre moral doit vous permettre de vous sortir de ces difficultés.

IX. QUELQUES AUTRES INTERROGATIONS AUXQUELLES VOUS POUVEZ PROCÉDER AVEC L'ASTREDÉ

1. **Quel parfum devez-vous mettre en ce moment?**

2. **Quels bijoux et quelles pierres précicuses vous conviennent-ils le mieux?**

3. **Quelles couleurs mettre sur vous en ce moment?**

4. **Quel temps va-t-il faire?**

Les différents processus d'interrogation présentés ci-après sont établis à partir des correspondances géomantiques (divination par la terre, dont les Arabes se sont faits les spécialistes). C'est-à-dire des symboles naturels existant entre les planètes, les signes du Zodiaque, les minéraux, les plantes, les couleurs, etc.

C'est d'ailleurs sur des bases strictement analogues que de nombreuses voyantes et spécialistes d'occultisme procèdent lorsqu'ils pratiquent certains types définis de divinations.

1. Quel parfum devez-vous mettre en ce moment?

1. Prenez dans la main gauche le Dé Zodiacal portant votre signe astrologique, et le Dé Présage.
   Lancez les 2 dés ensemble jusqu'à ce que votre signe sorte. Notez soigneusement le nombre de lancers qu'il vous a fallu effectuer, ainsi que la réponse clé du Dé Présage et sa couleur.

2. Prenez dans la main gauche les 2 Dés Zodiacaux. Jetez ensemble les 2 dés jusqu'à ce que l'un d'entre eux, ou les deux, sortent dans la même couleur que le Dé Présage en 1.

3. Le signe zodiacal ainsi indiqué est celui qui vous révèle le parfum afférent à votre sphère astrale du moment.

   - Si en 1, le Dé Présage était positif : Oui, Confiance, Osez, cela signifie que ce parfum (ou ces deux parfums si les deux Dés Zodiacaux sont sortis dans la même couleur), est celui qui vous convient le mieux et entre tous les autres, pour le moment.

- Si en 1, le Dé Présage était négatif ou neutre : Non, Méfiance, Consultez à nouveau, cela signifie que ce parfum doit être évité car il ne vous sera pas bénéfique.

4. La grille d'équivalences entre les 12 signes zodiacaux et les principaux parfums naturels, est la suivante :

- **BALANCE** — tout ce qui est à base de rose

- **BÉLIER** — l'œillet

- **CANCER** — l'iris
  — le camphre
  — le muguet

- **CAPRICORNE** — le lilas
  — la myrrhe

- **GÉMEAUX** — la myrte
  — la grenade

- **LION** — l'encens
  — le benjoin
  — le pavot

- **POISSONS** — le santal

- **SAGITTAIRE** — la cannelle
  — la fleur de cerisier

- **SCORPION** — le musc

- **TAUREAU** — la lavande
  — l'amande amère

- **VERSEAU** — le lilas

- **VIERGE** — l'ambre
  — le girofle

2. Quels bijoux et quelles pierres précieuses vous conviennent le mieux (ou le moins bien) en ce moment?

1. Prenez dans la main gauche le Dé Zodiacal portant votre signe astrologique, et le Dé Présage.
   Lancez les 2 dés ensemble jusqu'à ce que votre signe sorte. Notez soigneusement le nombre de lancers qu'il vous a fallu effectuer, ainsi que le coefficient positif ou négatif de la réponse clé du Dé Présage, et sa couleur.

2. Prenez dans la main gauche les 2 Dés Zodiacaux et le Dé Présage. Jetez ensemble les 3 dés jusqu'à ce que le Dé Présage sorte dans la même couleur qu'en 1. Le Dé Zodiacal ou les 2 Dés Zodiacaux sortis dans la même couleur vous donne la réponse à votre interrogation en fonction de l'équivalence géomantique qui existe entre les 12 signes astrologiques et les principaux gemmes (pierres précieuses) naturels.

3. • Si le Dé Présage est sorti en 2, en un nombre de lancers inférieur au nombre de lancers qu'il vous a fallu effectuer en 1, pour obtenir la sortie de votre signe, cela signifie que la pierre en question doit être portée aux doigts, aux bras ou aux avant-bras.

   • Si le Dé Présage est sorti en 2, en un nombre de lancers égal ou supérieur au nombre de lancers effectué en 1, cela signifie que la pierre doit être portée au cou de préférence (en cas d'égalité absolue entre les deux nombres), ou aux oreilles.

   • Si ce nombre de lancers est égal à 7 ou à 13, cela signifie que la pierre doit être portée en broche ou en sautoir.

   Enfin, si le Dé Présage obtenu en 1, était positif (Oui, Osez, Confiance), cela indique que les pierres en question et leur localisation sont recommandées et bénéfiques. Si au contraire le Dé Présage était négatif (Non, Méfiance), cela indique qu'il vaut mieux vous abstenir de porter, pour le moment du moins, une telle pierre, surtout dans la localisation indiquée au paragraphe précédent.

Si enfin le **Dé Présage** était neutre (Consultez à nouveau), cela indique que le port de cette pierre n'entraîne aucune conotation favorable ou défavorable d'aucune sorte.

4. Le tableau des équivalences géomantiques entre les 12 signes astrologiques et les principales pierres précieuses est le suivant :

- BALANCE
  - diamant
  - quartz
  - corail

- BÉLIER
  - rubis
  - améthyste
  - pierres rouges

- CANCER
  - pierre de lune
  - perles
  - pierres blanches

- CAPRICORNE
  - jaspe
  - onyx

- GÉMEAUX
  - béryl
  - grenat
  - opale

- LION
  - diamant
  - topaze
  - chrysolithe

- POISSONS
  - corail
  - améthyste

- SAGITTAIRE
  - saphir
  - turquoise

- SCORPION
  - hématite
  - grenat
  - topaze

- **TAUREAU**
  — émeraude
  — albâtre
  — agate
  — pierres vertes

- **VERSEAU**
  — jais
  — perle noire
  — saphir

- **VIERGE**
  — émeraude
  — opale
  — jaspe

3. Quelles sont les couleurs qu'il vous faut porter ou au contraire éviter en ce moment?

Cette interrogation peut se faire soit en utilisant l'Astredé tel que décrit dans la méthode exposée ci-après et établie selon les critères d'équivalences géomantiques et astrologiques, soit en utilisant l'Astredé avec LA CARTE DES SIGNES DE COLORIMÉTRIE (voir au Chapitre X et les cartes en fin de volume).

1. Prenez dans la main gauche le Dé Zodiacal portant votre signe astrologique, ainsi que le Dé Présage.
   Lancez les 2 dés ensemble jusqu'à ce que votre signe astrologique sorte. Notez soigneusement le nombre de lancers qu'il vous a fallu effectuer ainsi que la réponse clé du Dé Présage :

   — positive = Oui, Confiance, Osez

   — négative = Non, Méfiance

   Si vous avez obtenu « Consultez à nouveau », relancez le Dé Présage seul jusqu'à obtention d'une réponse nette.

2. Prenez ensuite les 2 Dés Zodiacaux dans la main gauche et lancez-les ensemble.

— Un nombre de fois égal au nombre de lancers effectués en 1, si ce nombre est compris entre 7 et 13 inclus.

— Un nombre de fois égal au nombre obtenu en 1, plus 5 si ce nombre est compris entre 1 et 6.

— Un nombre de fois égal au nombre de lancers obtenu en 1, moins 5 si ce nombre est supérieur à 13.

Notez à chaque lancer effectué les signes astrologiques qui apparaissent.

3. La réponse à votre interrogation vous est donnée par l'équivalence existant entre le ou les signes zodiacaux qui sont sortis le plus de fois au cours des différents lancers que vous venez d'effectuer..

● Si un seul signe est sorti plus que les autres, cela signifie que la réponse est circonscrite à une seule couleur précise ou à une seule gamme de couleurs harmoniques.

● Si deux ou plusieurs signes sont sortis un nombre égal de fois et que ce nombre soit supérieur à la fréquence avec laquelle les autres signes sont apparus, cela signifie que deux ou plusieurs coloris (ou gammes) répondent à votre interrogation.

4. Pour savoir si la couleur (ou les couleurs) indiquée vous est favorable ou défavorable, il faut vous reporter au coefficient du Dé Présage obtenu en 1.

● Si celui-ci était positif, cela indique que la couleur désignée vous est favorable et que l'avoir sur vous vous portera chance.

● Si celui-ci était négatif, cela indique que la couleur désignée vous est défavorable et qu'il vaut mieux pour vous, éviter de la porter.

5. Tableau des équivalences couleurs/zodiaque.

- **BALANCE**
  - blanc
  - couleurs tendres et pastel

- **BÉLIER**
  - rouge

- **CANCER**
  - blanc cassé
  - ivoire
  - blanc mat ou opalescent

- **CAPRICORNE** — noir

- **GÉMEAUX**
  - bleu azur
  - couleurs bigarrées ou rayées

- **LION**
  - jaune
  - or
  - orangé

- **POISSONS** — pourpre

- **SAGITTAIRE** — violet

- **SCORPION** — jaune vif

- **TAUREAU**
  - vert
  - gris-blanc

- **VERSEAU** — noir

- **VIERGE** — couleurs irisées

4. Comment utiliser l'Astredé pour faire des prévisions concernant le temps et son évolution?

Cette interrogation est également basée sur le principe des équivalences géomantiques et s'appuie sur les travaux de Marianne Verneuil dans son « Dictionnaire pratique des sciences occultes ».

1. Prenez dans la main gauche le Dé Présage et le Dé Zodiacal des signes impairs (Bélier, Balance, etc.).
Jetez les 2 dés ensemble un maximum de 7 fois.
Sitôt que vous avez fait apparaître la réponse clé OUI, vous arrêtez l'interrogation et notez le signe astrologique apparu en même temps que la réponse OUI. Relancez le Dé Présage seul en cas de réponse neutre (Consultez à nouveau).

2. Prenez ensuite dans la main gauche l'autre Dé Zodiacal (celui des signes pairs : Vierge, etc.) et le Dé Présage. Jetez les 2 dés ensemble un maximum de 6 fois en vous arrêtant aussitôt que la réponse clé CONFIANCE est sortie.

   Notez le signe astrologique apparu en même temps. Relancez le Dé Présage seul si CONSULTEZ A NOUVEAU est apparu.

3. Le temps et son évolution vous sont donnés par les significations des signes sortis respectivement en 1 puis en 2.

   - Si la réponse clé nécessaire n'est pas apparue à l'une des deux étapes de l'interrogation, cela engendre une réponse statique ne faisant pas état d'une évolution possible.

   - Si aucune des 2 réponses clé n'est apparue à l'intérieur des 7, puis des 6 lancers à effectuer, cela signifie que vous ne pouvez pas avoir, pour le moment, une réponse précise à votre interrogation : il vous faut attendre au moins 24 heures avant de procéder à une nouvelle application de la méthode.

Enfin, si vous avez obtenu une réponse précise en 1, puis une seconde en 2, (même si celle-ci est la même) cela vous donne l'évolution du temps dans les prochaines

48 heures : l'équivalence obtenue en 1 vous livrant le temps pour la première tranche horaire d'une journée et celle obtenue en 2 vous indiquant l'évolution possible du temps au-delà de ces premières 24 heures.

4. Tableau des équivalences météorologiques/zodiaque.

- **BALANCE** — temps clair et sain
- **BÉLIER** — temps orageux avec averses possibles
- **CANCER** — temps humide et très pluvieux
- **CAPRICORNE** — temps froid avec risques de gelées
- **GÉMEAUX** – temps beau mais froid et sec
- **LION** — temps chaud et sec
- **POISSONS** — beau temps, ensoleillé
- **SAGITTAIRE** — beau temps avec légère brise
- **SCORPION** — temps chaud et sec, risque d'orages
- **TAUREAU** — temps doux et humide, risque de pluies
- **VERSEAU** — temps froid et sec, très peu de soleil
- **VIERGE** — temps couvert et très variable

X. L'ASTREDÉ
ET LES CARTES DES SIGNES

Principe et utilisation des cartes des signes.

1. **Carte de numérologie :**

   — pour connaître vos nombres bénéfiques au jeu, au tiercé, etc.

2. **Carte de colorimétrie :**

   — pour choisir les couleurs que vous devez mettre à un moment donné.

3. **Carte du Tendre :**

   — pour suivre par anticipation l'évolution de votre amour.

4. **Carte des menus :**

   — pour savoir composer chaque jour le menu qui « cadre » le mieux avec votre conjonction astrale.

Principe et utilisation
des cartes des signes

Les cartes des signes ont pour objet de permettre des interrogations à lecture directe concernant certains types très précis de problèmes.

Elles sont au nombre de IV.

I. LA CARTE DE NUMÉROLOGIE

Elle permet de connaître le ou les nombres qui vous sont personnellement bénéfiques dans la conjoncture astrale dans laquelle vous vous trouvez. La carte de numérologie est utilisable pour :

- trouver la combinaison des 3 chiffres qui vous donneront le tiercé gagnant ;
- connaître les nombres clés devant figurer dans tous billets de loterie ou tombola que vous prendrez ;
- déterminer les nombres qui vous permettront de gagner à la boule, à la roulette, etc. ;
- savoir, d'une façon générale, quels sont les chiffres qui vous sont favorables.

II. LA CARTE DE COLORIMÉTRIE

Elle permet de connaître les couleurs et les harmonies susceptibles de vous convenir le plus exactement possible :

- du point de vue garde-robe et pour vous habiller ;
- du point de vue fleurs et bouquets à préparer ou assortir ;
- du point de vue tons et teintes pour la décoration de votre intérieur ;
- etc.

III. LA CARTE DU TENDRE

Inspirée de la célèbre carte du XVIIe siècle, elle vous offre la possibilité de connaître par avance l'évolution et l'avenir de votre amour ou d'une idylle naissante :

- évolution de vos propres sentiments;
- évolution des sentiments de celui, ou celle, qui vous est cher;
- éléments positifs et négatifs de votre amour et facteurs pouvant être favorables ou défavorables;
- écueils à éviter;
- etc.

IV. LA CARTE DES MENUS ASTROLOGIQUES

Elle vous offre la possibilité de dresser, chaque jour, le menu optimum en fonction de votre typologie zodiacale et de celle de vos proches, et apporte une solution originale et pratique au délicat problème des menus quotidiens.

L'ensemble de ces 4 cartes des signes figure à la fin du livre. Pour les utiliser, il vous faut d'abord réunir les 4 parties qui constituent chacune des cartes et qui se trouvent chacune sur une page. Assemblez ensuite les 4 parties en respectant l'ordre indiqué par les lettres qui se trouvent sur le bord de chaque page. Vous pouvez utiliser du ruban adhésif ou de la colle pour assembler les quatre volets.

Une fois assemblées, les cartes devront toujours être utilisées sur une surface aussi plane que possible, non métallique et éloignée de toute source de chaleur. Les dés devront être jetés sur les cartes de la main gauche.

1. La carte de numérologie.

Son utilisation n'est pas la même selon la nature et le domaine de l'interrogation numérique.

Dans tous les cas, placez la carte sur une surface plane, non métallique, avec si possible sous la carte elle-même, une grande feuille de papier ou de carton qui vous permettra de prolonger, au crayon, les segments de la quatrième tranche circulaire (en partant du centre). Les dés qui s'arrêteraient alors à l'extérieur des limites du cercle de la carte, pourraient être pris en considération en leur donnant la valeur portée dans le segment immédiatement correspondant de la quatrième tranche circulaire (voir le dessin).

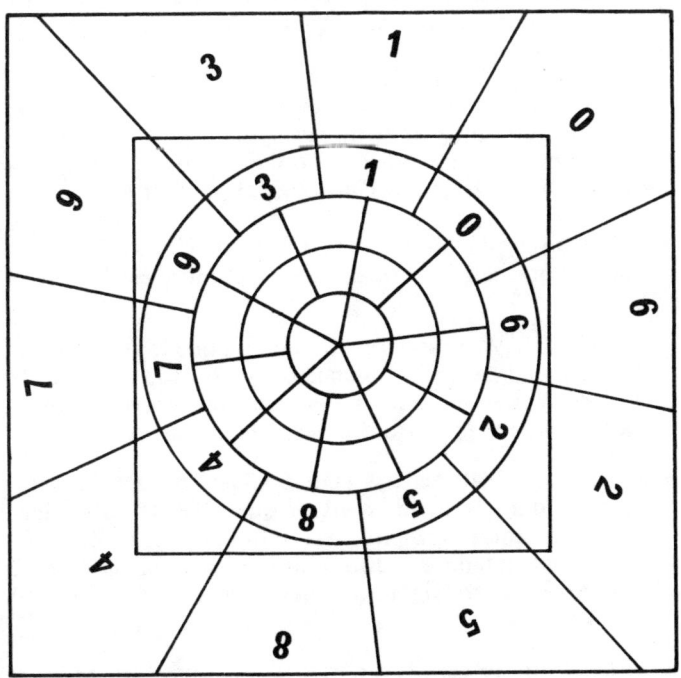

a) Le Tiercé.

Prenez les 3 dés dans la main gauche et jetez-les, à l'aplomb du rond central de façon à ce qu'ils roulent vers les bords extérieurs.

Lorsqu'un dé est à cheval sur 2 ou 3 numéros, celui qui est à prendre en considération est celui immédiatement voisin, ou dans la direction du libellé du signe astrologique (c'est-à-dire le nom du signe lui-même qui se trouve au-dessus du dessin le représentant graphiquement). S'il s'agit du Dé Présage c'est la position de l'étoile qui vous indiquera lequel des 2 ou des 3 nombres est à retenir. D'une façon générale, si la plus grande partie du dé (quel qu'il soit) est nettement sur un nombre, c'est celui-ci qui doit être pris en considération.

Après avoir jeté les 3 dés, regardez si votre signe zodiacal est sorti. S'il ne l'est pas, ramassez les 3 dés et rejetez-les jusqu'à ce que votre signe apparaisse.

Le nombre à retenir est celui qui est indiqué par la case dans laquelle se trouve le Dé Zodiacal portant votre signe.

● Si aucun des 2 autres dés n'est sorti dans la même couleur que celle de votre signe, le nombre est à prendre tel quel.

Exemple : Si votre signe est Balance et que le Dé Zodiacal portant le signe de la Balance est sorti avec ce signe sur la case 3 mais qu'aucun des 2 autres dés n'est de la même couleur (c'est-à-dire vert), le chiffre est 3.

● Si l'un des 2 autres dés (Dé Zodiacal ou Dé Présage) est sorti dans la même couleur que celle de votre signe (vert dans notre exemple), cela indique UNE DIZAINE : le chiffre à retenir est donc celui indiqué par la case où s'est arrêté votre signe, augmenté de 10, soit : $10 + 3 = 13$.

● Si les 2 autres dés sont sortis dans la couleur de votre signe (vert dans notre exemple), vous devez ajouter deux dizaines, c'est-à-dire 20. Le chiffre à retenir devient donc : $20 + 3 = 23$.

Vous devez effectuer cette interrogation jusqu'à ce que vous soyez en possession des 3 chiffres nécessaires à votre tiercé.

Si vous obtenez, en deuxième ou en troisième phase, le même nombre que celui sorti lors d'une phase précédente, cela indique que ce chiffre doit être joué en premier, même s'il n'est apparu qu'au deuxième ou au troisième tour.

Si vous obtenez 0, vous devez considérer ce tour comme nul, et rejouer à nouveau.

Ayez toujours à l'esprit que plus vous obtiendrez rapidement la sortie de votre signe zodiacal (et par conséquent les différents chiffres que vous recherchez) plus vous êtes certain de leur exactitude. Au contraire, un très grand nombre de lancers nécessaires à chaque fois pour faire sortir votre signe indique une mauvaise passe en matière de jeu et révèle que vous courrez un certain risque en misant aujourd'hui.

b) Les Tombolas, Loteries, Jeux de Casinos, etc.

Prenez dans la main gauche le Dé Zodiacal portant votre signe, et le Dé Présage.

Jetez les 2 dés ensemble, à l'aplomb du centre de la carte, jusqu'à ce que votre signe sorte avec, sur le Dé Présage, une réponse positive : Oui, Osez, Confiance. Si la réponse du Dé Présage, votre signe étant sorti, est « Consultez à nouveau », relancez le Dé Présage seul.

Le premier nombre à retenir est celui sur lequel s'est arrêté le Dé Zodiacal portant votre signe si le Dé Présage a, dans le même temps (ou après qu'il ait été relancé si la réponse primaire a été neutre) donné une réponse positive.

Vous procédez ensuite de la même façon, 2, 3, N fois, pour obtenir les différents chiffres devant figurer sur un billet de tombola par exemple.

2. La carte de colorimétrie.

Prenez dans la main gauche le Dé Zodiacal portant votre signe astrologique, et le Dé Présage.

Jetez les 2 dés ensemble sur la carte, préalablement mise sur une surface plane et non métallique.

La réponse vous est donnée sitôt que votre signe astrologique sort accompagné d'une réponse positive (Oui, Osez, Confiance) sur le Dé Présage. La couleur à retenir est alors celle qu'indique le Dé Zodiacal sur la case correspondante.

- Si le Dé Zodiacal s'est arrêté à cheval, sur 2, 3, ou 4 cases, et que le Dé Présage indique OUI, cela signifie que l'ensemble de ces 2, 3 ou 4 couleurs est à retenir.

- Si le Dé Présage indique « Consultez à nouveau », vous devez rejeter les 2 dés ensemble.

- Si le Dé Présage indique une réponse négative (Non, Méfiance) cela signifie que la ou les couleurs indiquées par le Dé Zodiacal sont à éviter.

Vous pouvez savoir quelles couleurs mettre pour plaire à une personne déterminée. Pour cela, et connaissant le signe zodiacal de la personne, vous prenez dans la main gauche le Dé Zodiacal portant ce signe ainsi que le Dé Présage. Vous procédez ensuite comme précédemment.

Pour connaître quelle harmonie de tons vous pouvez mettre sur vous ou utiliser pour décorer votre intérieur ou encore assortir dans un bouquet de fleurs par exemple, vous jetez les 3 dés ensemble jusqu'à ce que votre signe zodiacal apparaisse ainsi que l'un ou les deux autres dés dans la même couleur. Les indications figurant dans chacune des cases où les dés se sont arrêtés (en comptant à partir de votre Dé Zodiacal puis du second Dé Zodiacal pour finir par le Dé Présage) vous donnent l'harmonie de coloris demandée. Celle-ci peut être à base de une, deux ou trois couleurs de base. Dans cette interrogation, vous ne devez pas prendre en considération les autres cases sur lesquelles l'un ou l'autre dé « mord », éventuellement.

3. La carte du Tendre.

Imaginée au XVIIe siècle par Mlle de Scudéry, cette carte dressait les contours, reliefs, localisation de villages et cours d'eau du Royaume de Tendre : pays imaginaire où tout n'était qu'amour, passion et tendresse... avec les hauts et les bas, les incidents et les accidents, propres à ces sentiments.

Elle a été reprise ici — tout au moins dans son principe et ses grandes lignes — pour permettre des interrogations à lecture directe concernant l'évolution d'un amour ou d'une idylle donnés.

Exceptionnellement cette carte peut être utilisée simultanément par deux personnes, unies par exemple par de « tendres » liens, et qui souhaitent connaître, ensemble, ce qu'il va leur arriver dans le domaine de leur amour.

Que l'interrogation concerne une ou plusieurs personnes, voici quelle en est la marche à suivre.

Après avoir posé la carte sur une surface rigoureusement plane et non métallique (et éloignée également de toute source de chaleur), prenez dans la main gauche le Dé Zodiacal portant votre signe astrologique, ainsi que le Dé Présage.

Jetez les 2 dés ensemble sur la carte jusqu'à ce que votre signe apparaisse.

La réponse vous est donnée par l'endroit où s'est arrêté votre Dé Zodiacal en tenant compte du correctif de valeur et d'intensité que représente la réponse clé obtenue sur le Dé Présage au même moment.

Exemple : Votre signe est sorti alors que le Dé Zodiacal se trouvait sur le Bois de la Passion : le Dé Présage indiquait « Confiance » : la signification de ce présage est la suivante : vous allez prochainement connaître un accès de passion dont l'issue sera bonne et vraisemblablement bénéfique à votre amour.

- Si la réponse clé obtenue est neutre : Consultez à nouveau, il vous faut relancer le Dé Présage jusqu'à obtention d'une réponse nette.

● Si le Dé Présage s'est lui-même arrêté sur les petites collines marquées d'un signe + ou d'un signe —, cela est très important car l'indication de ce présage augmente le coefficient bénéfique de la réponse clé si celle-ci était positive, et que la colline soit elle-même positive..., diminue l'aspect favorable de la réponse initiale si celle-ci était positive mais que la colline soit négative, renforce le mauvais augure de la réponse clé si celle-ci était négative et que la colline le soit également, atténue enfin la réponse négative initiale du Dé Présage si cette colline est positive.

Pour procéder à l'interrogation de la Carte du Tendre à deux personnes, il vous faut procéder comme suit :

Vous déterminez en premier lieu laquelle des deux personnes doit commencer l'interrogation. Pour cela, vous prenez chacun, dans la main gauche, le Dé Zodiacal contenant votre signe astrologique, et le Dé Présage. Vous jetez les 2 dés ensemble jusqu'à ce que votre signe sorte avec une réponse positive (Oui, Osez, Confiance). La personne qui doit commencer est celle qui a fait sortir son signe en un nombre minimum de lancers : si l'un et l'autre signe sont sortis en un même nombre de lancers, vous devez alors tenir compte de la réponse clé du Dé Présage / Oui étant supérieur à Confiance, lui-même supérieur à Osez. Si l'un des deux partenaires a obtenu la réponse neutre « Consultez à nouveau », il doit relancer le Dé Présage seul et compter un lancer supplémentaire.

Ayant déterminé qui doit commencer l'interrogation, la personne indiquée pour débuter prend le Dé Présage et le Dé Zodiacal portant son signe et les jette ensemble jusqu'à obtention de son signe. La lecture se fait comme précédemment dans le cas d'interrogation individuelle. Par contre, sitôt que le signe de la première personne est apparu, la seconde personne prend à son tour le Dé Zodiacal portant son signe et le Dé Présage. Elle jette les 2 dés ensemble et note la réponse qui apparaît lorsque son signe sort.

Les significations doivent s'interpréter en faisant suivre les réponses obtenues par l'une et l'autre personne successivement.

Exemple : La première personne a obtenu lors de son premier lancer l'arrêt du Dé Zodiacal sur le Bois de la Passion, avec le Dé Présage indiquant Osez, soit une réponse favorable à priori; la seconde personne fait sortir son signe sur la Rivière de la Méfiance, avec le Dé Présage Non. L'addition de ces deux faisceaux de réponses indique que la passion de la première personne ne sera pas reçue favorablement par la seconde qui ne croira pas à la véracité des sentiments passionnels de l'autre, etc.

Dans tous les cas, que l'interrogation se fasse à une ou deux personnes, le nombre total d'interrogations (c'est-à-dire le nombre de fois où le Dé Zodiacal est apparu avec le signe du demandeur), ne doit pas dépasser 13.

La Carte du Tendre peut également s'utiliser pour connaître avec qui vous vivrez tel ou tel épisode amoureux.

Pour cela, il vous faut jeter les 3 dés ensemble jusqu'à ce que le Dé Présage indique une réponse positive. Vous regardez alors où se sont arrêtés les 2 Dés Zodiacaux et quels signes sont apparus. Vous avez la réponse concernant la ou les personnes par le signe astrologique qui est sorti et la nature de l'événement par l'endroit où se sont arrêtés les Dés Zodiacaux.

Important

Dans toutes les interrogations réalisées avec la Carte du Tendre, les dés, pour être significatifs, doivent être — pour les trois quarts au moins de leur surface — sur une zone définie correspondant à un présage donné. Si aucun des Dés Zodiacaux ne recouvre une telle zone, il faut alors relancer l'ensemble des dés.

4. La carte des menus.

Cette carte vous permet de composer vos menus quotidiens en tenant compte des influences astrales qui régissent votre vie et votre foyer au moment de votre interrogation.

Vous pouvez composer un menu, soit en ne tenant compte que de vos propres présages, soit en tenant compte, au contraire, de ceux qui concernent un ou plusieurs membres de votre famille.

Dans tous les cas, l'importance de la date est primordiale et guide le nombre clé de lancers à effectuer. Pour connaître ce nombre vous devez vous reporter au tableau ci-après qui donne pour chaque signe et en fonction de la date à laquelle vous effectuez votre interrogation, le nombre clé de lancers que vous devez opérer pour établir votre « menu astral ».

(Voir tableau page suivante.)

Connaissant votre signe astrologique et la date du jour, vous prenez dans la main gauche le Dé Zodiacal portant votre signe, et le Dé Présage.

Vous jetez les 2 dés ensemble, sur la carte des menus, autant de fois que le nombre clé de lancers indiqué sur le tableau.

Exemple : Si vous êtes du signe du Scorpion et que vous soyez le 14 du mois, vous lisez, à l'intersection de la ligne des dates, au chiffre 14, et de la colonne correspondant au signe du Scorpion (9e colonne à partir de la gauche) le chiffre 10. 10 est donc votre nombre clé. Vous devrez lancer 10 fois de suite votre Dé Zodiacal et le Dé Présage.

Les réponses vous sont données chaque fois que votre signe « sort »... La réponse est alors celle qui est inscrite sur la case où le Dé Zodiacal (ou la plus grande partie de celui-ci) s'est arrêté.

La réponse clé du Dé Présage vous indique, parallèlement, si le plat indiqué doit être ou non à votre menu :

OUI : ce plat est à retenir en priorité.

OSEZ : ce plat, bien préparé, doit être retenu.

Dates	BALANCE	BÉLIER	CANCER	CAPRICORNE	GÉMEAUX	LION	POISSONS	SAGITTAIRE	SCORPION	TAUREAU	VERSEAU	VIERGE
1	5	7	13	8	11	4	6	7	9	5	12	13
2	4	8	11	10	9	6	8	5	4	13	11	7
3	13	5	7	6	12	10	4	8	5	9	12	7
4	8	13	5	7	4	9	10	10	12	6	8	11
5	10	8	7	5	9	4	6	8	11	13	12	5
6	9	4	8,	7	10	11	5	13	7	8	6	9
7	8	13	7	9	6	5	13	4	5	7	9	12
8	6	9	10	4	8	7	5	9	13	12	10	11
9	7	5	13	11	5	13	7	6	4	5	8	12
10	13	9	7	10	8	9	5	11	9	4	7	6
11	8	10	12	10	11	5	9	7	10	5	6	8
12	12	5	7	10	4	8	6	13	11	6	5	10
13	5	7	12	13	11	9	5	8	7	9	6	5
14	9	6	5	9	8	11	4	6	10	12	13	8
15	8	7	8	13	6	4	6	8	9	10	4	8
16	12	4	6	10	11	8	7	5	11	8	5	7
17	9	7	11	9	5	4	9	10	13	9	9	9
18	8	5	5	7	13	13	8	6	12	10	13	10
19	11	13	8	9	10	12	5	7	8	7	11	13
20	6	9	10	5	13	8	7	12	6	5	9	7
21	8	10	13	5	7	9	6	4	8	7	12	10
22	13	8	5	7	6	8	4	10	12	8	7	6
23	8	7	4	10	7	13	6	8	9	10	11	4
24	9	8	12	5	10	7	11	9	7	4	12	9
25	7	9	10	5	11	8	7	6	13	5	4	12
26	13	8	7	6	8	13	4	8	7	9	8	6
27	10	6	12	6	7	10	5	11	8	9	6	7
28	6	4	5	10	5	4	9	13	5	11	9	10
29	11	9	13	9	5	13	10	4	8	12	11	10
30	10	7	11	13	7	8	11	7	10	6	9	5
31	5	8	4	9	12	9	10	8	11	13	8	4

CONFIANCE : il vous faudra « cuisiner » tout particulièrement ce plat si vous voulez qu'il plaise à vos convives.

MÉFIANCE : vous risquez, en faisant ce plat pour votre repas, de heurter les goûts d'une ou plusieurs personnes conviées à le manger avec vous.

NON : ce plat ne doit pas être fait aujourd'hui par vous ou par une quelconque personne de votre foyer : il ne doit pas non plus être mangé en dehors de chez vous.

Si vous avez obtenu la réponse neutre : Consultez à nouveau, il vous faut relancer le Dé Présage seul jusqu'à obtention d'une réponse nette.

Si vous souhaitez tenir compte d'une autre personne que vous :

Prenez dans la main gauche le Dé Zodiacal portant son signe astrologique, ainsi que le Dé Présage. Vous lancez les dés comme précédemment, mais en tenant compte du nombre de lancers suivant : vous additionnez votre nombre clé (obtenu sur le tableau à l'intersection de la date et de la colonne de votre signe) à celui qui concerne la personne en question (obtenu de la même façon).

Vous divisez ensuite ce nombre par deux, en l'arrondissant au chiffre supérieur s'il n'est pas divisible par deux.

Exemple : l'interrogation a eu lieu le 14 du mois et vous êtes du signe du Scorpion (nombre clé = 10) et l'autre personne est du signe de la Balance : nombre clé = 9. La somme des deux est 10 + 9 = 19. 19 divisé par 2 donnerait 9,5... Vous arrondissez au chiffre supérieur, c'est-à-dire 10.

10 est donc le chiffre qui correspond au nombre de lancers que vous devez effectuer avec le Dé Zodiacal portant le signe de cette personne, et le Dé Présage...

Les réponses sont à noter selon le même processus que précédemment.

CARTE DE NUMÉROLOGIE

A

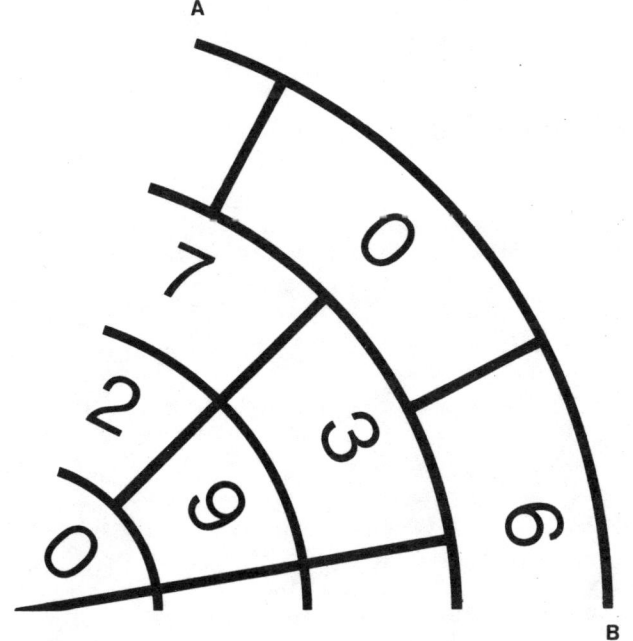

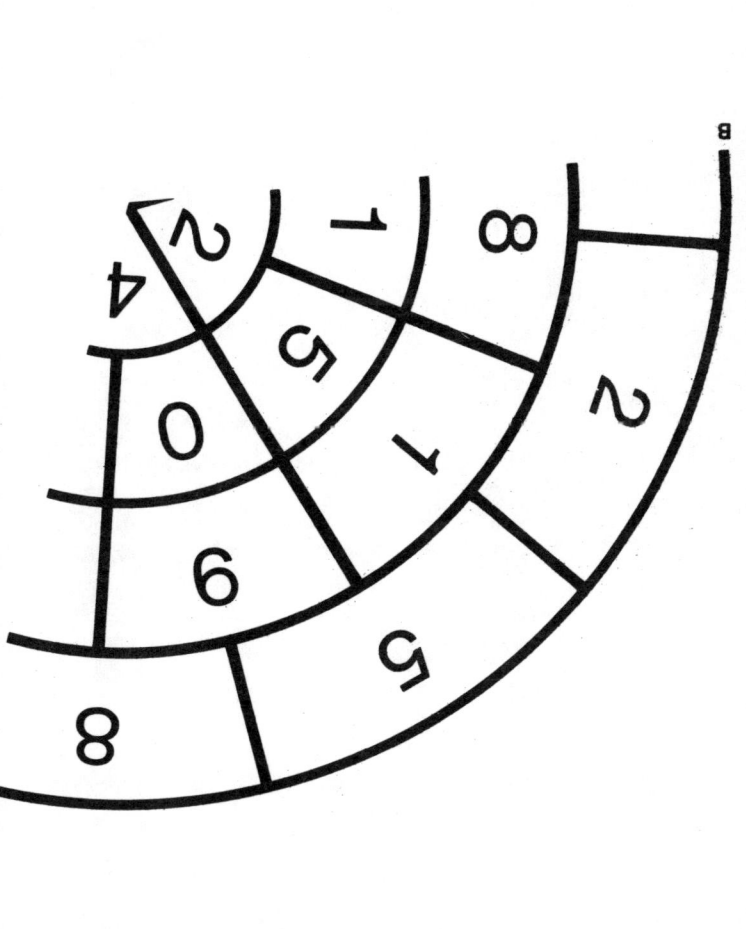

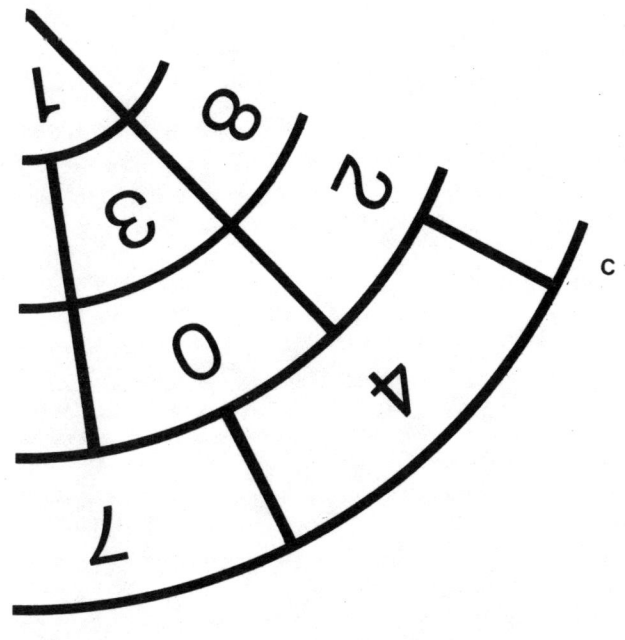

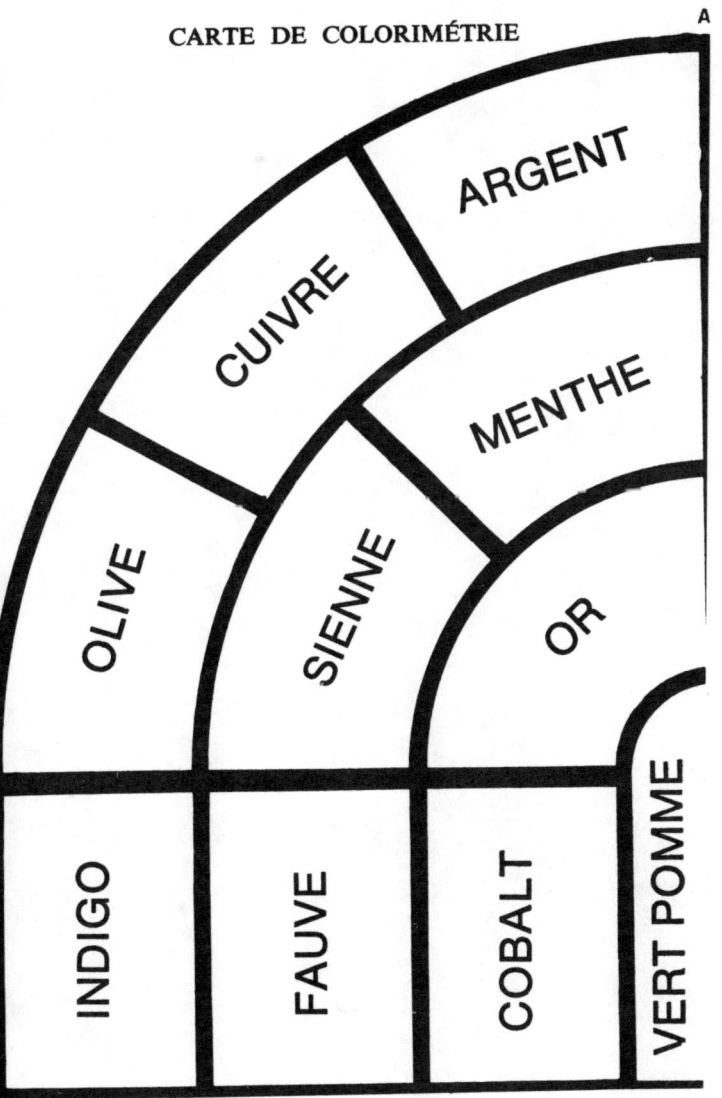

CARTE DE COLORIMÉTRIE

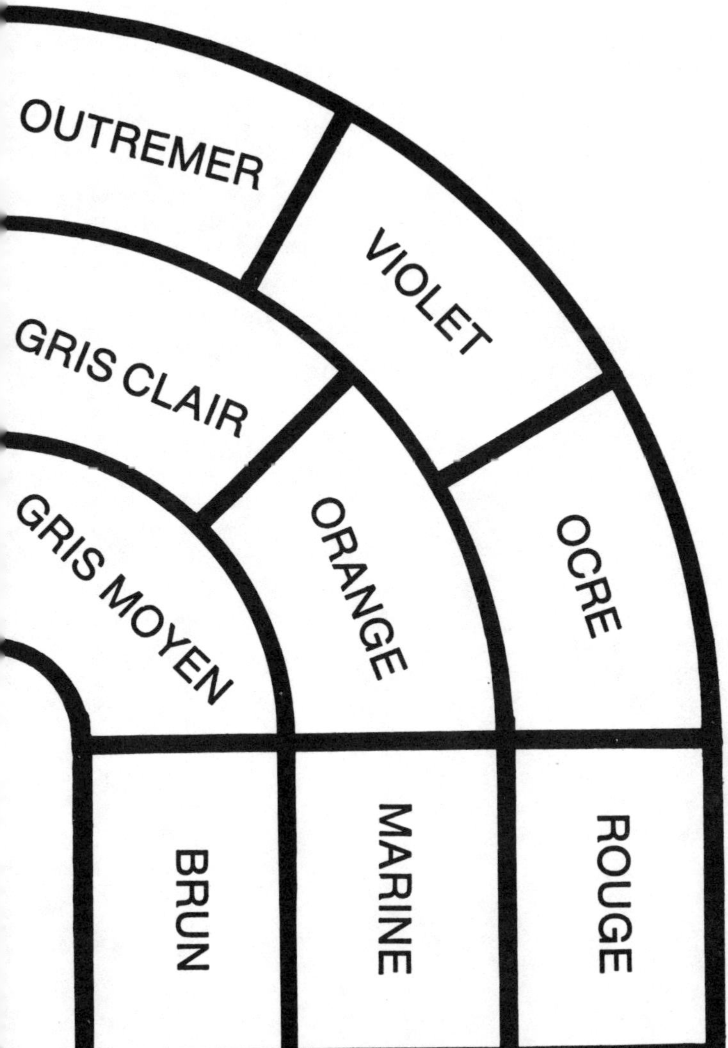

OUTREMER

VIOLET

GRIS CLAIR

GRIS MOYEN

ORANGE

OCRE

BRUN

MARINE

ROUGE

c

B

CITRON

MARRON

TILLEUL

BLEU CLAIR

VERT JAPON

CHARTREUSE

BRONZE

BORDEAUX

BLANC

D

C

ROSE INDIEN

BEIGE

ROSE

BLEU

GRIS FONCÉ

PARME

JAUNE

VERMILLON

VERT

NOIR

D

CARTE DU TENDRE

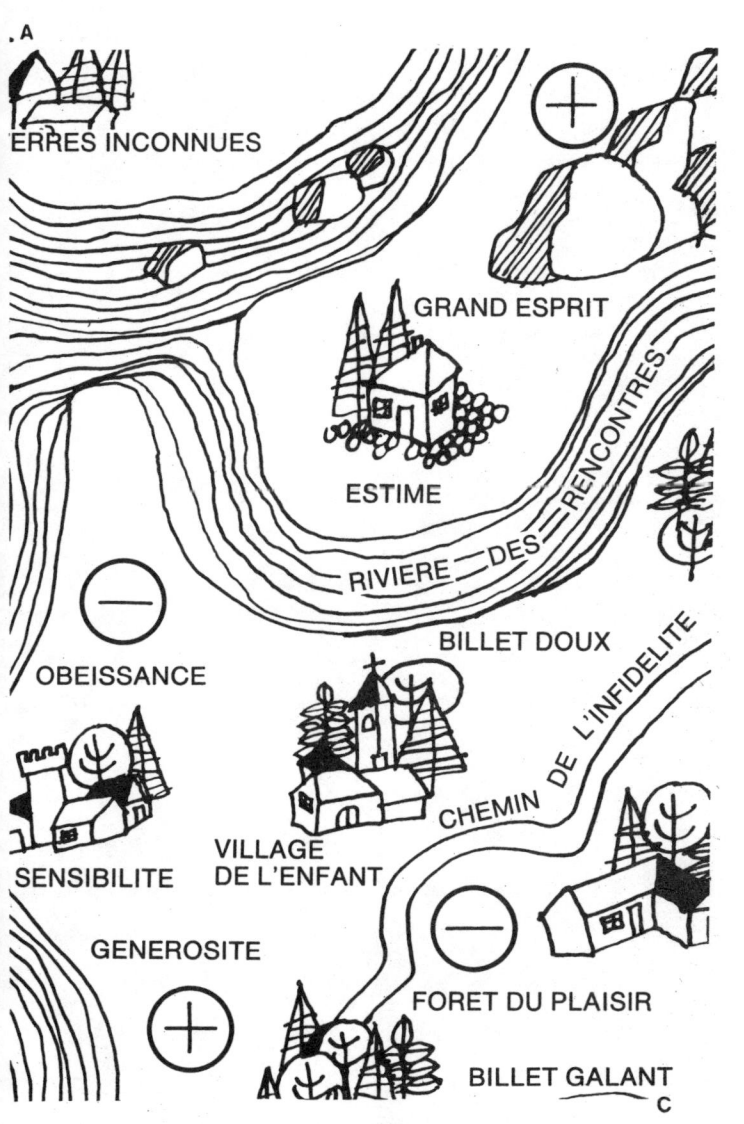

.A

ERRES INCONNUES

GRAND ESPRIT

ESTIME

RIVIERE DES RENCONTRES

OBEISSANCE

BILLET DOUX

CHEMIN DE L'INFIDELITE

SENSIBILITE

VILLAGE DE L'ENFANT

GENEROSITE

FORET DU PLAISIR

BILLET GALANT

C

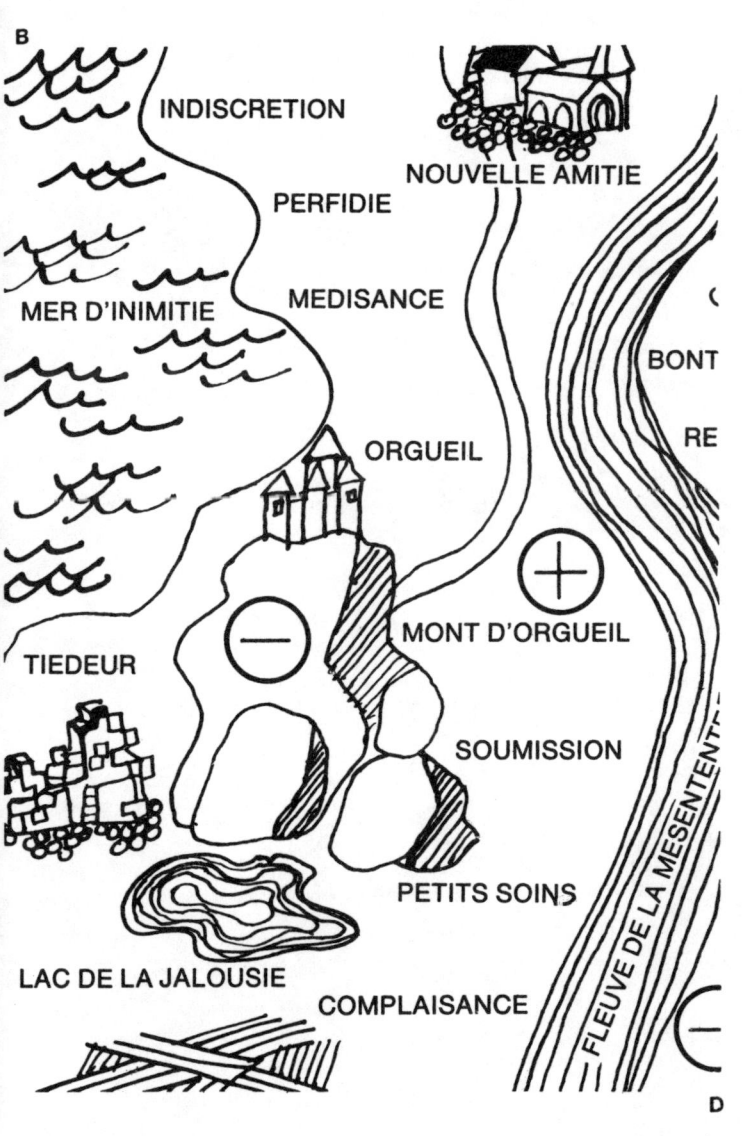

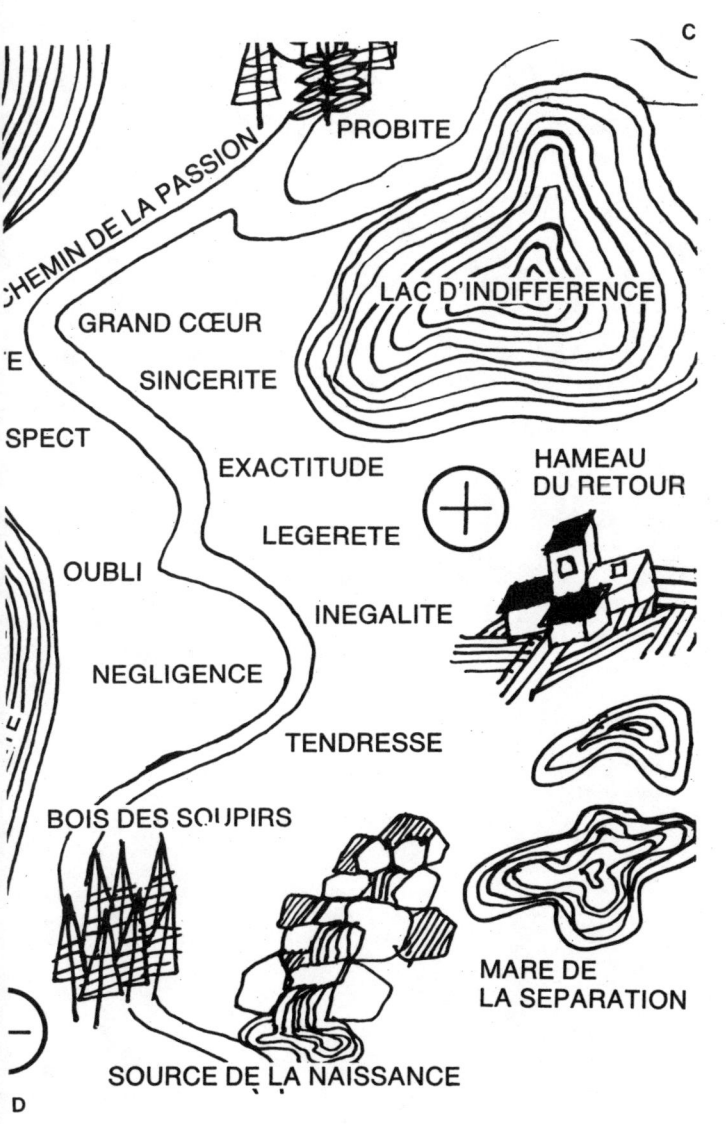

A

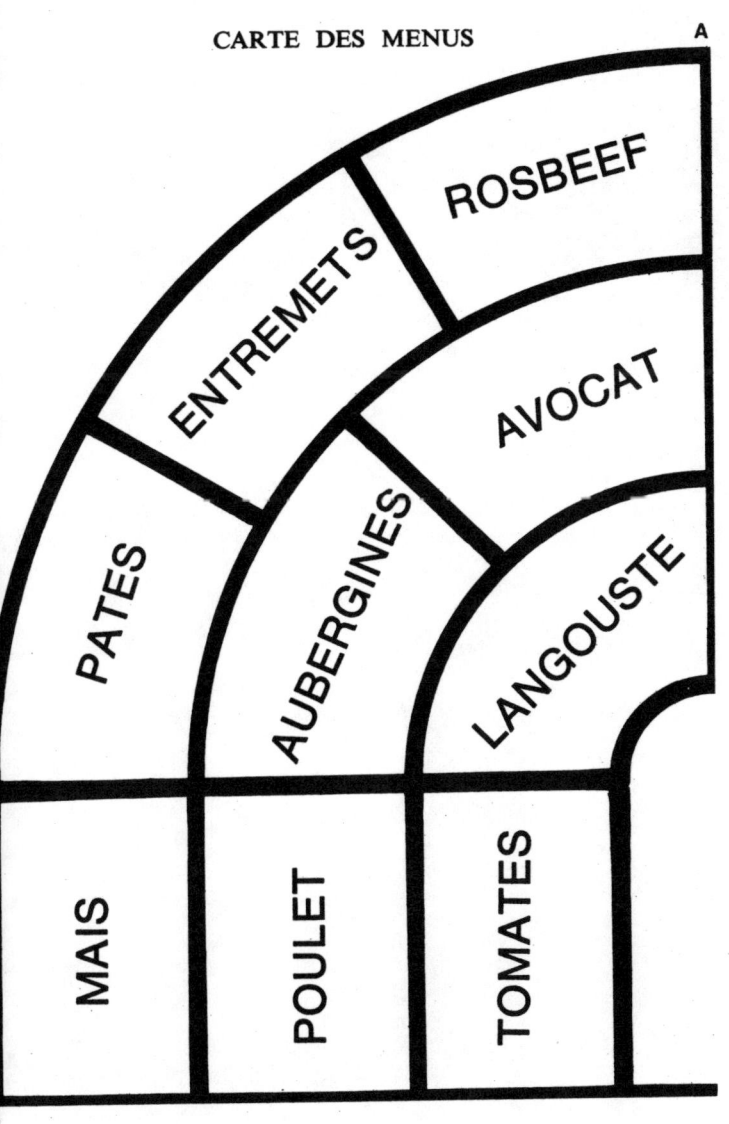

ROSBEEF

ENTREMETS

AVOCAT

PATES

AUBERGINES

LANGOUSTE

MAIS

POULET

TOMATES

B

SAUCISSE

THON

YOGHOURT

PATISSERIE

MACEDOINE

MAQUEREAUX

CHAMPIGNONS

HUITRES

HARICOTS

JAMBON

C

ROTI

TRUITE

RIZ

FLAGEOLETS

EPINARDS

MOUSSE

ŒUFS DURS

PETITS POIS

CHOUX

ESCALOPE

D

C

CRUDITES	TERRINE	FRIANDS

POMMES

BEEFSTEAK

CREVETTES

FROMAGE

BOUDIN

DORADE

D

La reproduction photomécanique
de ce livre a été effectuée par Charente Photogravure
et l'impression par l'imprimerie Bussière,
pour les Éditions Albin Michel

Achevé d'imprimer en octobre 1993.
N° d'édition : 13258. N° d'impression : 2194.
Dépôt légal : octobre 1993.